Andares

Cuentos

Andares
Cuentos

Palabras en su Tinta

Algia M. Ojeda Bigorra
Carol Weigle-Beniamino
Erleen Marshall Luigi
María Dávila
Patricia Schaefer Röder

Colección Tinglar

Ediciones Scriba NYC

Andares – Cuentos
© 2016 Palabras en su Tinta
Ediciones Scriba NYC
Colección Tinglar – Cuentos
Narrativa breve

Arte de portada: Carol Weigle-Beniamino y Eduardo Calzadilla
Kolodziej
Portada: Jorge Muñoz
Fotografía: © 2016 Jorge Muñoz
Ilustraciones: © 2016 Ursula Muñoz Schaefer
Diagramación: Scriba NYC
Edición: Patricia Schaefer Röder

ISBN: 978-0-9845727-4-8

Scriba NYC
Soluciones Lingüísticas Integradas
26 Carr. 833, Suite 816
Guaynabo, Puerto Rico 00971
+1 787 2873728
www.scribanyc.com

Impresión: CreateSpace
Mayo 2016

La utopía está en el horizonte. Camino dos pasos, ella se aleja dos pasos y el horizonte se corre diez pasos más allá.
¿Entonces para qué sirve la utopía?
Para eso, sirve para caminar.

Eduardo Galeano

CONTENIDO

PALABRAS EN SU TINTA

El trabajo del escritor es una labor solitaria. Sus palabras, sin embargo, requieren compañía. Nuestro grupo Palabras en su Tinta suple la necesaria audiencia y los oídos críticos, prestos a escuchar y analizar el esfuerzo de cada componente. Aunque la consigna para la opinión personal es del tipo "al pan, pan y al vino, vino", las críticas se redactan con tinta amable y bien intencionada. El respeto mutuo y un genuino interés en el trabajo común mantiene fluyendo la tinta en el tintero de Palabras en su Tinta.

El grupo de escritoras, todas de variadas procedencias, que han establecido relaciones con parejas de otras etnias y atravesado por distintas etapas existenciales, se constituye por iniciativa de Patricia con el propósito de escucharse unas a otras. De tal viaje de tinta que se prolongó por tres años, surgió la idea de que el grupo narrara sus concepciones de viajes. Los estilos resultan tan diversos como las mismas escritoras. Historias jocosas, románticas, heroicas y hasta trágicas; todas marcadas por ese andar que cubre largos trayectos o apenas se limita a respirar profundo y matizar con la imaginación el tedio de la cotidianidad, juntando palabras escritas en tinta.

Quedan cordialmente invitados a acompañarnos en nuestros *Andares*.

Las Autoras

PRÓLOGO

Aquí las mujeres andan

Andar, caminar, pasear es un ejercicio que han recomendado y practicado escritores como Henry David Thoreau, Gustave Flaubert, las hermanas Brontë y Rosa Montero entre muchos otros para inducir a la relajación, a la reflexión y proveer estímulo, como sucede con las escritoras de *Andares*, a la creación literaria.

Las cinco escritoras de *Andares* han utilizado como hilo conductor el lema del viaje para presentar, desde sus perspectivas únicas, el devenir existencial de los personajes en estos cuentos. Los métodos y medios para desplazarse en el espacio, y también en el tiempo, son tan diversos como el cotidiano paseo a pie por la ciudad en una tarde de domingo o el viaje en crucero o piragüela, hasta el viaje de ciencia ficción. Como resultado del desplazamiento los personajes reflexionan y toman conciencia o descubren algo sobre sí mismas y la condición humana. Las autoras nos revelan en cada viaje conflictos que apuntan hacia la búsqueda, el encuentro y, en algunas instancias, el descubrimiento inusitado. Se trata sobre andar en el trayecto desconocido que es la vida y enfrentar la mirada hacia el pasado, la evaluación del camino por andar, el enfrentamiento con el cambio, la enfermedad o la muerte.

«La vestal», cuento de corte mitológico de María Dávila, transita por la pura fantasía para reconocer y honrar la labor de vida del personaje Mitra. En «Recolecciones de una tarde de domingo» de Algia M. Ojeda Bigorra oteamos a través de la conversación, y en especial de los silencios, esas idiosincrasias tácitas que suelen existir en la costumbre de ser pareja. Erleen Marshall Luigi nos lleva a viajar en el tren urbano para presenciar el romance y la desaparición de una joven universitaria. Viajamos en avión en «El evento» de Patricia Schaefer Röder hacia la captura de un pasado en el cual el personaje se sintió realizado.

Los viajes hacia el futuro han sido ampliamente utilizados en el género de ciencia ficción para explorar conflictos humanos y en esta muestra Carol Weigle-Beniamino, en «Aniversario cincuenta» nos hace viajar mediante K-Vision hacia el fatídico 9/11 en busca, para parafrasear a Proust, del momento perdido.

Las cinco escritoras en *Andares* invitan y seducen al lector para que las acompañe a recorrer a través de sueños, fantasías y en ocasiones, de la vida crudamente cotidiana, el devenir humano.

Las escritoras, además, han utilizado el tema de la metamorfosis. Pudiéramos decir que la metamorfosis es parte intrínseca del cuerpo femenino ya que cambia de maneras radicales durante el viaje que llamamos vida. María Dávila, por ejemplo, nos convida a viajar hacia la unión con la naturaleza a través de la metamorfosis en «Sin pecado original». Es un viaje hacia el interior del personaje en el cual decide asirse a los lazos familiares para escoger la vida en lugar del suicidio. Algia Ojeda trabaja en sus cuentos el reconocimiento existencial, en especial, aquel que se fragua en las relaciones de pareja que nos hace recordar el postulado de Hemingway en el que propone que en el relato solo vemos la cúspide del iceberg. En el cuento titulado «El plato» de Erleen Marshall Luigi, el personaje femenino utiliza de ejemplo la resistencia a quebrarse del objeto cotidiano para encontrar la fuerza necesaria y tomar el difícil, pero definitivo viaje de salida de la violencia doméstica. Patricia Schaefer Röder presenta, al igual que otros miembros de este colectivo, el viaje impostergable de la mujer hacia su esencia. En «El espantapájaros» y en «Selva» nos revela simbólicamente la necesidad imperiosa de encontrarnos y aceptarnos. Ese viaje al que no debemos ni podemos renunciar si deseamos vivir a plenitud.

Andar, caminar, pasear es la invitación que nos hacen las escritoras de *Andares* para explorar el cómo y el porqué de las relaciones humanas y los conflictos desde una perspectiva distinta y, sí, femenina. Aquí las mujeres andan y nos cuentan de su caminar, lo que observan y reflexionan sobre la existencia teniendo como norte la autenticidad y la necesidad de reconocer y aceptar su esencia.

Invitamos al lector a partir de paseo con *Andares* en un viaje de descubrimiento insospechado.

María D. Zamparelli

13

MARÍA DÁVILA

Nació el 3 de octubre de 1963. Obtuvo un bachillerato en Humanidades y un grado asociado en Educación de la Universidad de Puerto Rico. Es parte del colectivo Tejedoras de Cuentos y participa en las actividades de la Ruta del Cuento. Su relato titulado "Tres de abril" fue finalista en el Certamen Literario de Cuento Corto Oral de la Universidad del Sagrado Corazón (Puerto Rico, 2014). Sus cuentos fueron publicados en *Mundillo-Antología de Tejedoras de Cuentos de Puerto Rico y Argentina* (Del Alma Editores, Argentina, 2015) y en *La ruta del cuento* (Editorial EDP University, 2015). Su poesía fue publicada en la *Antología Fronteras de lo imposible* (Editorial Casa de los Poetas, 2014), y en *Divertimento - Antología Poética* (Editorial Zayas, 2015). Su poema "Madrugada" fue musicalizado para *Poética Musical*, evento en Guatemala (Indeleble Editores, 2015). Al presente trabaja en un libro de cuentos y una novela. Correo-e: micielopapa@gmail.com.

LOS VIAJES DE ZAHIRA

Zahira visitó a su hermano en Florida. Decidió quedarse en ese lugar después de duras decepciones. Buscaba la compañía de quienes la amaban sinceramente. El paisaje encantado y avasallante la enamoró tanto, que escogió vivir allí.

Compró una residencia ubicada al norte del estado, sin verjas y con inmensos ventanales de cristal, que llenaban las habitaciones de luz diurna y en las noches, de luna y estrellas.

Los primeros muebles que adquirió fueron una silla de patio reclinable, una pequeña mesa de hierro con tope de cristal ahumado y un cenicero de mármol blanco para habilitar el lugar más importante para ella; la terraza.

"Es perfecto", solía contestar con alegría a toda persona que le preguntaba, "¿Te gusta donde vives?".

En un atardecer lento hizo un viaje mirando el dormir del bosque vecino. Los sonidos repetidos y constantes de grillos y ranas la hipnotizaron. El anochecer se le presentó vestido de seducción. Sintió por primera vez en su vida que era parte de cada elemento del universo. Desde ese momento, Zahira comenzó a planificar sus próximos viajes nocturnos que repetiría por casi tres meses.

Tenía cuarenta y siete años bien conservados. Hacía un año que poseía el nuevo título de divorciada, que se le añadió al de periodista. Tuvo un golpe de suerte con un artículo investigativo sobre la trata de mujeres. Su

17

venta le permitió comprar la casa de sus sueños. Era la primera vez, en mucho tiempo, que sus familiares la veían contenta. Todos sabían de los golpes duros que había vivido y el escribir le brindó una mejoría notoria.

Un viernes otoñal, cerca de las ocho de la noche, después de cenar, salió a la terraza a fumar su acostumbrado cigarrillo. Para ella, un emparedado con una taza de café negro era la cena. Se rehusaba a comer pesado en las tardes. Decía que la inspiración le llegaba cuando estaba ligera de estómago y con dos copas de vino.

A esa hora temprana de la noche se acostumbró a llamar a su hermano Fernando, su confidente, el que no la juzgaba y emitía comentarios concluyentes con la voz ecuánime, envuelta en cariño. Compartía con él todos sus escritos y experiencias. Nunca la hirió. Por eso, desde que vivía cerca de él, lo llamaba todas las noches. Gracias a esta costumbre, supimos que su espíritu viajaba.

***

A principios de septiembre, le había relatado a su hermano en una llamada:

—Sabes, ayer me pasó algo extraño. En un principio me asusté. Pero hoy no tengo miedo. Me siento llena de optimismo. Todo me conmueve. He vuelto a escribir poemas, de los que valen la pena, no esas boberas tristonas que escribo en mi página. ¡Estoy emocionada!

—¿Pero qué te pasó? Acaba de decirme. Ya mismo empieza el juego.

—Trataré de ser breve.

—Empieza ya —dijo interesado y preocupado porque sabía de la depresión que en un pasado sufrió su hermana Zahira.

—Primero, me tomé dos copas de vino blanco y fumé un cigarrillo. Luego, me recosté en la silla reclinable del patio trasero y miré fijamente el bosque. Afiné mi audición, sentí la brisa templada acariciarme. Cerré los ojos para visualizar cada cosa y de pronto, me acerqué al bosque sin caminar. No tocaba el suelo. Me asusté al verme fuera del cuerpo y regresé. Después me sentí tranquila, sin susto y feliz.

—Sanana. Eso fue una borrachera.

—No, no estaba borracha. Estaba como ahora, con dos copas de vino. ¿Me sientes ebria?

—No, pero...

—No me fastidies. ¡Esto es en serio, pasó de verdad! ¿Cuándo te he mentido? —lo interrumpió Zahira.

La experiencia la suplió de bienestar general, que le duró un par de días, y escribió:

Acaricié la brisa, me levantó y paseé entre cada musgo colgante, sobre cada hoja con olor a frescura y me bañé la piel con la humedad de cada rana escondida en las raíces brotadas de árboles viejos y generosos.

Descubrió una forma nueva de viajar sin temor. Conoció lo inmediato, lo que nunca apreció por no sentirse parte de ello. Comprendió el todo. En el pasado daba por sentado que las cosas estaban para siempre; por eso, hasta entonces, no le había prestado interés genuino a nada. Creía conocer todo con solo mirarlo; pero sentirlo dentro de la piel, la convenció que estaba equivocada. Así viajó Zahira por casi tres meses de ese extraño otoño. Los viajes astrales la llenaron de amor infinito. Hizo las paces con la vida y con ella misma.

****

Era temporada de baseball y la final estaba a un juego. Por eso, Zahira dejó de llamar a su hermano; quería que él disfrutara de su pasatiempo favorito. Además, deseaba emprender sus viajes más temprano, hasta que llegaron a durar toda la noche. Para entonces, cada mañana se sentía más cansada. Apenas escribía, estaba agotada. Le parecía innecesario; la inspiración estaba en ella constantemente. No precisaba de escribir sus pensamientos; sentirlos corriendo en sus venas la hizo revivir, sentirse enamorada.

Cada vez más ligera, reducía el emparedado, las copas de vino blanco y los cigarrillos. Cada día menos, pero más dichosa. No pensaba en sus títulos: divorciada y periodista. No sentía necesidades carnales; prácticamente, su cuerpo transformado flotaba dentro de las estancias de la casa. En la terraza, sus raíces crecieron rápido. El cuerpo se le puso rígido cual tronco de árbol añejado, con las ramas desprovistas de hojas. Sin embargo, estaba arropada con el terco musgo español, que le cubría los brazos, convirtiéndola en todo, menos en humana. Mucho después, su hermano dijo a una reportera algo parecido.

Antes de culminar la temporada de baseball, su hermano notó que Zahira no había telefoneado hacía tres días. Preocupado porque no contestaba el teléfono, salió hacia su casa. Temía otra recaída depresiva, pero la encontró en trance, respirando lentísimo. La piel escamosa y grisácea le colgaba de los huesos. El cabello era un alborotado grupo de fibras translúcidas. Los labios estaban cuarteados por exponerse al frío nocturno y los ojos cerrados de Zahira mostraban mínimos movimientos de las pestañas descoloridas. Fernando llamó desesperado al 911.

20

Diez minutos después, certificaron su muerte en un documento que leía:

Causa de muerte: Paro respiratorio.

Sin embargo, su hermano convencido, pensó: "Se fue de viaje".

LA VESTAL

El oráculo no le reveló el motivo de su encomienda secreta. Sin embargo, fue severo al indicarle las directrices. A partir de ese momento, la vestal debía recoger millones de gotas de rocío. Los dioses le entregaron tres copas enormes de cristal grueso. El oráculo retuvo sus tapas: tres cúpulas distintas.

—¿Por qué yo? Mi caminar no es ágil. Mi cuerpo está cansado. ¡No veo en la oscuridad! Mis señores, una vestal joven cumpliría con más prontitud —les habló con reverente desesperación.

La virgen más antigua no consiguió que los dioses cambiaran de opinión. Mitra y las tres copas enormes llegaron al *tholo,* el pequeño templo que por décadas habitó. Su larga vida le había enseñado que lo que nos toca es porque así los dioses lo han dictado. Esta faena la obligó a reestructurar todas las actividades del día. Se olvidó de las dolamas de sus rodillas y dedos. La escasa energía la empleó en cumplir su encomienda. Decidió llenar una copa a la vez. Hacerlo de esta manera no acortaría el tiempo de la faena. Pero Mitra pensó, "Si Hades me busca, al menos una de las tres estará llena".

Madrugó. Salió del templo bajo un cielo repleto de estrellas. Se maravilló al sentir el fulgor entrarle en los ojos viejos. Se adentró en el bosque lleno de canción alegre. Las hojas acorazonadas se inclinaban sobre la copa. Las gotas de rocío cayeron obedientes. Los hongos en los troncos recogían sobre sus sombrillas las que bajaban de ellos. Ayudaron a Mitra. Las flores resplandecían como pedazos de espejo. Todo cooperaba. El sol se asomó. Detuvo el recogido. Miró complacida que la copa retenía un tercio de rocío. Entonces, una brisa fresca la escoltó hasta su *tholo*. Mitra estaba fascinada con la experiencia; honrada y bendecida. "Agradezco al oráculo. Soy parte de un plan divino".

Convencida de que era parte esencial de una importante tarea, revistió de alegría su espíritu, el que antes solo esperaba resignado la muerte. Ahora, alababa cada día. Cada uno era un milagro. La primera copa se había llenado. Con diligencia, la llevó ante el oráculo. Entonces, la cubrieron con la cúpula tallada de enredaderas y esmeraldas incrustadas.

—Mitra, llenaste la copa destinada a saciar la sed futura de la flora —pronunció con ternura la diosa Minerva.

Las palabras acariciaron el alma de la vestal vetusta.

"Salvé a todas las plantas", pensó sorprendida al descubrir el uso de la primera copa.

La devota Mitra recibió la madrugada siguiente. Su vejez ya no le sabía a espera lenta. Despertó rejuvenecida. Salió de su *tholo* hacia el sendero que la llevaría a la montaña misteriosa. Recogió en cuclillas el sudar purificado del empedrado del suelo. Las piedras se pulieron para ella. Al pie de la montaña, aves diversas colocaron sus picos sobre la copa y vertieron las gotas que habían recogido de las hojas altas de los árboles. Pudo haberse sentado, pero la responsabilidad no le era pesada. Presenciaba un mundo nuevo que le regalaba la oportunidad de maravillarse ante todo. Por primera vez en su larga vida, fue alumbrada por dos puntos luminosos que caminaban hacia ella, suspendidos en la oscuridad y el silencio. Pisadas crujieron sobre la hojarasca. Un felino de gran tamaño sacudió los bigotes sobre la copa y antes de marcharse, rozó su pelaje sobre las piernas de Mitra. Volvió asomarse el sol. Terminó el recogido.

El rocío llegaba a la mitad en la segunda copa. Mitra se dio cuenta de que la llenaría en menos días. Se apenó al saber que pronto las tendría completas. No quería volver a vivir los días de espera rutinaria, ensimismada. Bajo aquel encantamiento universal, terminó la segunda copa. La presentó al oráculo. La cubrieron con la cúpula dorada, adornada con rubíes, topacios y perlas.

—Mitra, llenaste la copa que saciará la sed futura de la fauna y los hombres —pronunció agradecido Zeus.

Ella se sintió satisfecha. Regresó a su *tholo*, bendiciendo todo en el camino.

Esa tarde, miró la última copa con melancolía. No era la tristeza que ella muy bien conocía, la que sintió muchas veces ante los infortunios o desgracias. Era un sentimiento sublime y maternal. Era recordarse en cada hoja, flor, brisa y aliento de vida. Mitra fue abrazada por el amor. No quería que su faena terminara. Pensó sorprendida, "Qué curiosa es la vida; nunca le presté atención al rocío, y mira cuán importante ha sido en mis últimos días".

No durmió en toda la noche. Quiso grabar en cada pliegue arrugado del cuerpo lo que acontecía alrededor. Bebió té de menta, su preferido. Celebró la existencia de las abejas al endulzarlo con miel. Miró entre las columnas dóricas el cielo estrellado y conversó iluminada con el silencio. Aspiró la brisa viajera llena de recuerdos gratos. No estaba fatigada ni soñolienta, estaba despierta junto a todas las cosas del universo. Así, recibió la madrugada.

Sin prisa, se dirigió a llenar la última copa. Desconocía el propósito de esta, pero confiaba en que su encomienda era útil y necesaria. No tuvo que alejarse mucho del *tholo*. Misteriosamente, la neblina la envolvió, danzó suspendida entre aquel humo blanco y frío, mientras ayudantes de todos los rincones llegaron hasta ella. Las cabras de monte caminaron lento por no perder ni una gota de rocío. Los pavos reales depositaron sus colas tornasoladas en la copa. Todos cargaron las gotas de rocío como mejor pudieron y con reverencia, las derramaron dentro de la última copa que sostenían las manos envejecidas de Mitra.

La copa de cristal grueso estuvo a punto de desbordarse mucho antes de que el sol se asomara. Mitra, ante tanta muestra de cariño, estaba agradecida. Sin embargo, deseó que la copa no se hubiera llenado tan rápido. Quería perpetuar su encuentro mágico con la vida. Pero ella mejor que nadie, sabía que todo tenía un final. El Sol comenzó a levantarse a su derecha. La brisa le susurraba una canción mientras la escoltaba al *tholo*.

Guardó la copa rebosante de rocío. No quiso que se evaporara con el calor de la mañana. Un sentimiento desconocido la invadió, su piel se erizó con el vibrar de cada ser viviente. Llena de todo, se presentó con la última copa ante el oráculo. Afrodita la cubrió con la cúpula plateada, repleta de diamantes cristalinos.

—Mitra, llenaste tu copa. Ahora, los corazones endurecidos llorarán tu muerte.

SUSANA CHAN XU

Susana Chan Xu viajó por el Caribe, apiñada entre inmigrantes chinos en un buque de carga llamado *Amsterdam*. Ella solo siguió órdenes. En un principio, de su madre y durante la travesía, de los hombres que cobraron una pequeña fortuna por llevarla de polizón.

Viajó como tantos otros chinos, con un papel escrito donde se leía un nombre y un número telefónico. Estaba aturdida con este viaje que su madre se empeñó que hiciera desde que cumplió los doce años. Susana no conoció padre alguno. Vivió con su madre en la parte trasera de un restaurante chino en Honduras con otras seis mujeres chinas y sus hijos. Estos niños y jóvenes se diferenciaban de ella, en que llegaban a ese país directamente de China, según sus madres pagaban para reunirse con ellos. Susana solo tenía memorias de su madre, del restaurante y de los diversos cocineros que pasaron por el lugar y que luego se marcharon, llegando otros.

No tenía recuerdos de China, reconocía a su abuela materna por fotos. Su madre hablaba por teléfono con la familia en Guangzhou; sin embargo, Susana nunca habló con ellos. Su madre le daba mil excusas; que si costaba mucho, que la comunicación se había cortado y muchas veces, habló con ellos mientras Susana trabajaba.

Su madre le había dicho una vez: "Viajaste conmigo cuando aún eras un gusano de seda, por eso no te acuerdas de nada". Eso bastó para Susana, que desde ese momento, amó la seda. La escuela era un gran *no* para ella, tenía que trabajar como los demás y el poco español que aprendió con los clientes, no era suficiente. Aunque no vivía en China, parecía que estaba en un rincón triste de ella.

Cumplió los catorce años y su regalo fue un viaje a República Dominicana. Viajaría con un grupo de jóvenes recién llegados, sin papeles, y por primera vez, se separaría de su madre. Susana tampoco tenía documentos. No había diferencia en ese detalle, pero ella se sentía distinta.

"Al menos ellos tienen recuerdos de donde vienen; yo solo soy un gusano de seda que viajó dormido".

La travesía duró unos ocho días debido a las diversas paradas del buque holandés por las islas caribeñas. Encerrada entre fardos de granos, que le servían de cama, comió enlatados, galletas y agua. No hizo diferencia en ella perder un kilo. Su cabello no era recto como el de su madre; tenía unos rizos suaves que la diferenciaban de ese grupo ilegal de chinos. Y eso le agradaba; la hacía especial. Solo lamentaba no tener memoria de su amada China. Sus recuerdos estaban llenos de calderos, humo, grasa, gritos, trabajo y del agradable olor de su madre en las noches. Asustada por el futuro incierto que le esperaba, sacó el papel de su mochila muchas veces. En él leía:

Juan Mora
1 - 849 - 6666
San Pedro de Macorís
República Dominicana

Volvió a guardarlo. Si lo extraviaba, estaría más perdida que nunca. Debía encontrar a ese hombre, su madre así se lo había indicado con insistencia.

Tener la piel como maní tostado le había valido diversas bromas de los empleados del restaurante, que su madre acalló con duros insultos. Susana siempre creyó que su piel adquirió ese tono por vivir en un ambiente grasiento. Su madre le había dicho: "Cuando llegues a la isla, tu piel te va a ayudar a soportar el calor del lugar".

El buque llegó cerca de las cuatro de la tarde. Junto a los otros inmigrantes, bajó en la noche en un bote de motor que maniobró un pelirrojo. Desembarcaron en una playa solitaria donde un chino canoso y con la piel parecida a la de ella los recibió. Subieron a varias camionetas y se adentraron a las montañas. Durmieron en un almacén de cacao. Antes de irse el anciano, les pidió los papeles de sus contactos. Susana no quiso entregárselo, pero tuvo que hacerlo.

Llegó la mañana con muchos cantares de gallos. No había baño, solo una letrina destartalada que usó muerta de miedo. Se sentó a esperar al contacto que la llevaría donde Juan Mora; sintió hambre, pero la disimuló. Eran las ocho de la mañana cuando llegó la camioneta. El anciano chino de piel tostada les trajo huevos hervidos y pan, luego dividió los quince inmigrantes en dos grupos. Ella quedó en el segundo, los que debían esperar por otro transporte.

La espera le trajo deseos de llorar y de estar con su madre. Pero eso no le resolvería nada en ese instante. Contempló el paisaje, las hojas de los árboles que tintineaban destellos de sol al moverse con la brisa, las gallinas y sus crías caminando sin prisa y sin temor, lo que le llevó a pensar:

"Mi madre no me mandaría a este lugar a sufrir".

Ese pensamiento la tranquilizó. Un auto pequeño se acercó a la finca escondida; uno viejo con la puerta del pasajero en rojo, que contrastaba con el gris metálico del resto del auto. Se apagó el motor y salió un hombre moreno, de cabello negro y rizado, con amplia sonrisa, que buscaba a Susana. Solo a Susana, la hija de Lan. Al verla, la reconoció sin mediar palabra. La abrazó y le dijo:

—¡Soy tu padre!

EL EXTRANJERO

Los dieciocho años del ovejero Marwan ardieron en el Caribe, cuando sin casarse hizo por primera vez el amor. Sucumbió al pecado con la hermosa Cristie.
—Licenciado, todo es distinto aquí. Tanta libertad lo confundió. Esto no hubiera ocurrido en Jordania. Nuestras mujeres no enseñan la piel ni el contorno de su cuerpo —dijo el padre del joven musulmán.

Después de fallecer su pudorosa madre, su única compañía, el joven emprendió el largo viaje hacia América para vivir con el padre, al que apenas conocía. Tenía catorce años cuando lo vio la última vez. Lo recordaba muy bien, porque fue el verano siguiente a la primera ocasión en que mató un lobo, torciéndole el cuello con sus propias manos.
Cuando Marwan llegó a Saint Thomas, Abdallah se encontró con un hijo hecho hombre, pero inocente; con una visión del amor no solo musulmana, sino también como la madre le había enseñado.
El joven era fornido y de proporciones grandes. Medía seis pies con una pulgada. Su espalda era dos veces la del padre. Las carnes de sus piernas parecían prisioneras del vaquero que vestía. La quijada, cuadrada como un cascanueces de madera. El cabello era castaño, rígido y rizado, pegado a la cabeza; parecía fuerte, imposible de arrancar.
Marwan tenía la mirada vivaz, podía devorarlo todo con ella. Y así fue. A pleno mediodía, siendo su

cuarto día en la isla, se deslumbró con aquella negra espectacular que llegó a la estación de gasolina, el negocio de su padre. La mujer bien formada llevaba al descubierto sus muslos canela. La blusa de manguillo mostraba el nacimiento de sus senos, y lo que más le fascinó a él, fue que los carnosos labios sonreídos repitieran su nombre cuando ella le preguntó cómo se llamaba.

Bajo el sol intenso del trópico, Marwan sufrió de calenturas. Las mejillas se le sonrojaron. Evocó la delicia de morder los higos maduros en verano. Sintió, sin comprender, un fogaje que le llenó la cabeza de un zumbido denso. Le sonrió a la mujer y con atención esmerada llenó el tanque del vehículo. Entonces ella, contoneándose, correspondió su sonrisa nerviosa y le entregó una tarjeta de presentación, que él guardó inmediatamente en el bolsillo.

Skin Bar
Cristie
Exotic Dancer
Phone 1 - 340 - 9999

Marwan se emocionó. Le tomó tres días planificar el encuentro con Cristie. Sería el sábado por la noche. No se atrevió a contarle al padre.

—*Abu*, me voy por ahí —dijo al salir de la casa, sin mirarlo a la cara.

—¿Adónde? —preguntó Abdallah, sentado frente al televisor.

—Por el muelle —contestó Marwan al cerrar la puerta que daba a la calle.

El padre, al desconocer el propósito de la salida del hijo, no pudo advertirle que en América existía el sexo por dinero, que ciertas mujeres ofrecían caricias y otras cosas sin amor, que el acto sexual podía ser un negocio.

Llegó al bar a las ocho de la noche, según acordaron. Cristie, la prieta sexy, se sentó a su lado, muy cerca. Le acarició la nuca, jugó con su cabello, le besó el cuello y las mejillas, y finalmente, mientras él terminaba como agua la última cerveza inglesa, le sobó la entrepierna.

Estaba ebrio, era todo instinto. Su mahón estaba humedecido sobre la bragueta, pero ante tanta gente se cohibió. La mujer experimentada se percató de que era virgen. Entendió que el muchacho funcionaría mejor y más rápido fuera del bar. Lo invitó a dar un paseo. Lo subió a su auto compacto. Le pidió cuarenta dólares. Él se los entregó imitando al padre, cuando le daba dinero a su mamá. Llegaron a un paraje apartado frente a la playa.

"Es un bombón, y tan tierno", pensó ella, "será fácil lograr su orgasmo". Cristie expuso bajo la luz de la luna sus morenos y aceitados pechos. Le acercó a la cara los pezones perfumados con coco. Marwan salivó y suspiró; pegó su boca torpemente sobre ellos. Extasiado pensó, "Será mi esposa".

Ella se dejó besar y lamer. Entonces, abrió la cremallera del pantalón, y con un adiestrado movimiento de mano derecha sacó el miembro erecto y engrosado. Lo acarició. Sintió en los dedos un néctar resbaloso, que reconoció como preámbulo a la eyaculación. Le puso un condón. Se quitó los *panties*, se levantó la falda, se acomodó sobre su pelvis e introdujo el miembro invencible en sus adentros. Marwan casi se desmaya al eyacular como nunca lo había hecho.

A los cinco minutos, volvió a excitarse. Deseó poseerla otra vez. Ella le indicó que necesitaba otros cuarenta dólares.

—Cristie, te amo. No tengo más dinero. Quiero casarme contigo.

Ella al escucharlo soltó una carcajada, e indiferente, comenzó a vestirse. Marwan la miró con ojos de pastor que no quiere perder la oveja más hermosa del rebaño.

"Es mía", pensó al agarrarla por el brazo cuando la vio salir del auto para terminar de arreglarse. La atrajo hacia él con fuerza de lobo hambriento. Perdió la cordura ante tantas ganas de poseerla. Sin darse cuenta, la sujetó con rudeza. Logró desvestirla parcialmente. Desbocado, la agarró por el cuello, la penetró. Ella expiró mientras él, estrangulándola, vaciaba sus testículos por segunda vez.

Después de varios minutos, Marwan cayó en cuenta de la terrible situación en que se encontraba. Lloró su muerte. Luego, la cargó y la puso en el portaequipaje del auto. Caminó hasta la estación de gasolina; buscó la pala. La guardó en una bolsa negra de basura. Volvió al paraje solitario donde amó a la ahora asesinada. Cien pies de arena cubrieron el cuerpo de Cristie.

Una semana después, bajo los cargos de asesinato en primer grado, fue arrestado en la estación de gasolina.

—Ella era mi amor —fue lo último que dijo Marwan en el juicio, lloroso y desquiciado por completo.

El padre, al escuchar la sentencia de quince años, tristemente pensó: "Mi hijo no estaba listo para este viaje".

SIN PECADO ORIGINAL

Mientras Lucía manejaba y cruzaba la isla de sur a norte para visitar a Rosa, esta la esperaba con el cuerpo tembloroso, con el cansancio infinito de los medicamentos en los ojos. Tenía el espíritu avergonzado. Estaba derrotada, la tristeza la había vencido.

Rosa nunca quiso darle este ejemplo a su hermanita "la Gordi", la que venía de camino, la querendona de todos, que también era la personita especial, que posaba en ella sus ojos repletos de dulzura y admiración. La que siempre la miraba atenta, con el rostro ausente de pecado original.

"Está por llegar", pensó Rosa, pasándose las manos sobre el cabello despeinado. "Me encontrará demasiado lastimada. Días antes de su boda me dijo: 'Quiero que me maquilles. Quiero verme bonita'. Me lo pidió tan confiada, con la fe ciega de una oveja en su pastor".

Antes del encuentro, que se daría en un escenario poco alentador, Rosa buscaba la posible justificación para tener las muñecas vendadas. Quería darle la explicación correcta, aunque para ella fuera mentira. Así la amaba, así quería verla vivir feliz. Optó por decirle uno de los posibles y no probados diagnósticos psiquiátricos: que sufría, por herencia, de esquizofrenia. Con este argumento la excluía de seguir su ejemplo: quererse suicidar.

Si de algo estaba segura, era que estaba arrepentida de que Lucía la encontrara en tales circunstancias, de mostrarle esa salida cobarde de alacrán acorralado, de demostrarle con sus hechos que existe un lugar oscuro que aterra el alma y que sumirse en la desgracia puede sentirse como caricia.

Se secaba las mejillas cuando Lucía entró por la puerta de cristal. Se saludaron con esas mudas sonrisas empapadas de lágrimas.

—Aquí estoy —dijo la Gordi querida, agarrándole las manos.

Rosa sintió su cariño como brasa, provocándole el deshielo del pecho. Lloró.

—Tranquila. Saldrás de esto. La Virgencita me lo dijo; cosas maravillosas vendrán para ti.

Sus palabras tuvieron magia. Esa tarde, Rosa alineó sus mejores virtudes. Revivió su vieja pasión; escribió y nació esta historia.

ALGIA M. OJEDA BIGORRA

Oriunda de la provincia de Matanzas, Cuba. Emigró a los Estados Unidos en 1961 y desde entonces reside en Puerto Rico. Es madre de tres hombres puertorriqueños. Algia es médico especialista en Radiología, egresada de la Universidad de Puerto Rico, Recinto de Ciencias Médicas, donde mantuvo una Cátedra Auxiliar hasta su jubilación en 2011. Simultáneamente practicó su profesión en el hospital de Veteranos y en la sociedad profesional Advanced Radiology. Desde el 2011 ha estado vinculada de una forma u otra al movimiento literario resurgente en Puerto Rico. Tomó cursos conducentes a un grado asociado en Creación Literaria en la Universidad del Sagrado Corazón, San Juan de Puerto Rico. Ha participado en múltiples talleres de escritura. Sus escritos, todos íntimos, permanecen inéditos.

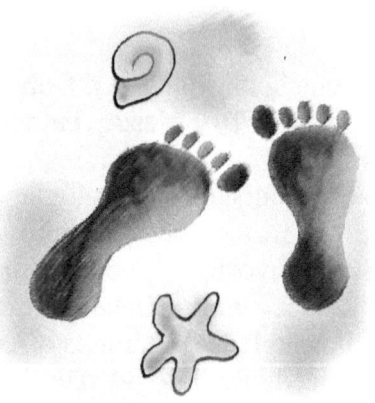

TODOPODEROSO

Sentí miedo cuando encontré los aperos de pesca de mi padre en la covacha. El intrincado sedal entró por mis ojos y se alojó en mi cabeza. Quedé sentado sobre él. La cuerda de nilón que olía a pescado crudo estaba tirada en el piso de la choza. Parecía un nido de pájaros. Agarré una punta, y como había aprendido, comencé a darle forma.

Entonces, pasó la abuela. No me raspó el cocotazo con que me saludaba cada mañana.

—Si andas atento, niño, podrás desenredar la madeja. Enredarla es fácil, mi amor, ¡pero desenredarla!

Le pregunté a la abuela de qué hablaba.

—¡Ay! Chorcholito, nunca me entiendes.

La abuela me llamaba por ese nombre que tanto me disgustaba. Creo que trataba de acortar la frase "cabeza de chorlito". Me llamaba así por ser tan distraído.

Seguí enroscando el hilo de pesca en el pedazo de madera de cedro blanco que encontré flotando en la orilla. En forma rítmica apilé el hilo, dibujando un número ocho sobre otro. Decía mi maestra que el ocho acostado es el símbolo del infinito. No sabía entonces lo que significaba infinito.

—Así mismito, mi niño, con paciencia —era lo que me decía ese día la abuela. Mientras, se puso a descamar un rayado.

Encontré el nudo. Definitivamente era una madeja enredada, como decía mi abuela, aunque pensaba que ella se refería a otra cosa.

Yo contaba con ocho años recién cumplidos. Vivía frente al mar con mis abuelos, con mamá, papá y con la tía Yaya. A Yaya le gustaba caminar en la madrugada a la orilla del mar. La escuchaba cantar.

Yo solía caminar también, mirando siempre al suelo, cuando me dirigía a la escuela. No buscaba caracoles, sino pedazos de curricán para amarrarlos. Caminaba descalzo. Llevaba los zapatos en una bolsita tejida por mi abuela materna, la única que conocía. Según andaba, contaba diez pasos y miraba hacia atrás para ver el rastro de mis huellas. Las contaba para llevar un cálculo mental de la distancia recorrida. Algunas huellas eran borradas por la lengüeta espumosa que se formaba en la orilla.

La manía de lamer que tenía el mar me molestaba sobremanera. "El mar no se conforma con todo el espacio que ocupa", pensaba, "puede extenderse mucho más de lo que mi vista alcanza a ver y, sin embargo, tiene que adentrarse en la tierra. ¡Se cree todopoderoso!". También llamaban Todopoderoso al Dios del cielo.

En ocasiones, en lugar de lamer, el mar agredía. Lo conocía tan bien, que podía adivinar cuándo ocurriría la agresión mucho antes de que sucediera. Primero dejaba de lamer, luego se retiraba, como dándonos la espalda, tomaba por aliado al cielo ennegrecido allá en el horizonte, fundiéndose con él, y era entonces que arremetía con toda su furia contra nosotros, rugiendo como una bestia salvaje. ¿Que cómo sabía? Pues ya se los dije, porque lo conocía muy bien. Había vivido con el mar desde que nací. Mi vida contada en años era parva pero si contaba los días, el tiempo se prolongaba. Me costaba mucho no pensar en esas cosas constantemente.

De camino a la escuela, me subía a un montículo que separaba el mar del resto del mundo. Unos pájaros que sobrevolaban el mar, anidaban allí. Usaban pedazos de hilo de pesca para hacer los nidos.

**

Mi papá era pescador. Salía a las cuatro de la madrugada en su yola cargada de aperos. Llegaba al caer el sol. Conté trescientos sesenta y cinco días desde aquel en que no regresó. Entonces dejé de contar. Mi mamá también lo esperó en la playa los primeros siete días sin irse a dormir. Después se fue andando por la orilla a ver si lo encontraba. El mar lamió las huellas de mi madre. No una o dos, sino todas las que dejaron sus pies, que eran solo un poquito más grandes que los míos.

La noche antes de aquel día en que mi padre no volvió, oí a mi madre llorar con un gran llanto. Tal parece que papá se hizo a la mar antes que de costumbre por no escucharla llorar. Papá se parecía al mar. Creo que el mar lo había engendrado. Nunca supe su procedencia. Sí, papá era un engendro del mar.

Lo vi salir cuando la luna estaba en lo más alto del cielo, en la cresta del cocotero. Iba acompañado de una figura de mujer.

La voz de sirena de la tía Yaya no me despertó en la mañana, sino un golpe de mar que inundó mi cama como sucedía cada vez que los ruidos de la noche me daban miedo. La luz blanca que presagiaba la tormenta iluminó todo, y después escuché el trueno.

—¡Malditos sean! —detonó el abuelo—. ¡Ojalá se los lleve el diablo!

**

El día que cumplí los dieciséis, empecé contar el tiempo en años. Emprendí el camino que recorría a diario. Al voltear la cabeza para contar mis huellas, las vi agrandadas, así como la distancia entre mis pasos. Según calculé, había recorrido un buen trecho. No volteé otra vez a mirar atrás. La madeja dejó de ser; se convirtió en un hilo estirado. El tiempo y la distancia se juntaron. Entendí entonces el significado de la palabra infinito. Recogí una caracola vacía que llevaba dentro el sonido del mar, achicado. La guardé en la bolsa de curricán tejida por mi abuela materna, la única que conocía.

Subí al montículo para mirar el horizonte, donde se separaba el verde gris del mar del azul del cielo, no para saber de qué humor se encontraba el mar, sino para ver si me devolvía lo que se había llevado.

Miré hacia la tierra, le di la espalda al mar. Me sentí como él, todopoderoso.

Me sigo alejando.

CONTADO A VUELO DE PÁJARO

Por la forma en que abría las alas siempre supo que se trataba de un halcón. No había dudas en su mente. La visitaba cada tarde, haciendo gala de su vuelo libre. Ella, una mujer hecha, de piel curtida, asomaba su mirada ansiosa para verlo pasar. Eso de atisbar el cielo se convirtió en una costumbre. El halcón, pues estaba segura de que era un halcón, patrullaba el cielo en busca de una presa.

Una mañana de otoño, cuando sentía que se acortaban los días, lo encontró posado en su barandilla. Sintió un temblor escalofriante, una mezcla de algarabía y temor (el tipo de emoción que te embarga cuando te enfrentas a un gran riesgo). Tomó un pedazo de carne magra que había sobrado de la cena del día anterior, y con sigilo, la dejó a los pies de la puerta de cristal corrediza de su apartamento. Dejó la puerta entreabierta.

Quiso saber más y buscó datos referentes a las distintas especies de halcones en la red cibernética. Ante sus ojos se desplegaron más de cincuenta especies. El nombre dado a una en particular le llamó la atención: *Falco vespertinus*. Supo por instinto que esa era la especie de su halcón.

"¿Mi halcón?", se preguntó.

Supo también por esa búsqueda que los halcones podían ser amaestrados con relativa facilidad. Pensó en amaestrarlo. No era del todo descalabrada la idea; tomaría precauciones. Le daría un nombre por eso de distinguirlo, aunque para ella era único. Ya pensaría en uno.

43

De una forma obsesiva se dedicó de entero a su empeño, descuidando todas las demás cosas. Su forma de actuar y sentir cambió radicalmente. Dejó a un lado la costumbre de visitar a su familia e invitar amigos a su casa. Todo parecía irrumpir aquello que llamó "su privacidad".

Las horas del día pasaban en la expectativa de la breve visita. Paulatinamente dejó de ejercitarse, de salir a la calle. Todas las tardes a las seis se disponía a esperarlo. El ave detenía el aleteo, planeaba y se posaba en el lugar de costumbre. Ella se extasiaba en la contemplación. Cada día encontraba un matiz nuevo en su plumaje. Alrededor de los ojos se dibujaba un antifaz.

Una de esas tardes, ante sus asombrados ojos, el halcón se transformó. La figura que apareció ante ella era de justa estatura. Un hombre de facciones finas y piel cetrina; lucía un bigote marrón con pinceladas blanquecinas. Sus ojos estaban ocultos tras unas gafas oscuras. No sintió temor por la inusitada ocurrencia; más bien alivio, pues sus deseos más íntimos se cumplían. El hombre que tenía al frente desnudó sus ojos, la miró con ternura y ella se sintió abrazada. Él le narró en detalle cómo su veloz vuelo lo había llevado de una ciudad a otra, de uno a otro lado.

—¿Qué representa ese anillo en tu anular izquierdo? ¿Has sido cazado? —ella preguntó.

—Este anillo siempre ha estado conmigo. Soy un niego, fui robado recién salido del nido. Debe ser una marca de iniciación.

—Pensé que eras libre.

—Lo soy, pero estoy marcado. ¿Y tú?

—Marcada estoy —contestó la mujer, mostrando una cicatriz violácea en su cuello.

El cielo entero se ruborizó en tonos cálidos y se hizo de noche. La luna se vio enmarcada por un halo amarillento y bajó los párpados por recato. Cierra los tuyos al fantasear.

El halcón alzó vuelo. Ella, alada y emplumecida, lo siguió en su danza peregrina. Al principio, sus vuelos hacían recordar los ardides comunes, con rapidísimas caídas en vertical, seguidas inesperadamente de inmovilizaciones en el aire.

La barandilla siguió siendo el lugar de encuentro, hasta una tarde en que ella encontró en la puerta entreabierta un pedazo de metal dorado y curvilíneo junto a una nota escrita en pluma con tinta violácea. Leía:

Has aprendido a volar. Ahora somos libres.

El halcón se refugió bajo un alero y aún surca su frente algunas tardes.

Según todos notan, cuando ella contempla el firmamento, su piel se apacigua y sus ojos adquieren una húmeda brillantez.

CERTAMEN DE CUENTO

Pidió que apagaran las luces. Llegó al podio guiado por el bastón; no llevaba en sus manos ninguna partitura. La audiencia quedó muda en la oscuridad. Se escuchó:

Prefiero que colorees sus pieles, sus cabellos y sus ojos. Te doy con esto permiso de ensoñar. Sí, te diré que cuando caminaban juntos por la ciudad, los transeúntes volteaban las cabezas, como imantados. Sus pieles y facciones eran tan similares, que en ocasiones la gente se preguntaba si esta pareja de mujer y hombre se había encarnado en la misma matriz.

Al caminar, sus cuerpos unían aristas y redondeces, balanceándose con cadencias disímiles. Él, erguido y rígido; ella, amoldada y ondulante. Lejos de causar un mal efecto, estas contradicciones rítmicas producían una impresión de totalidad, como el tallado de un cristal de roca. Verlos sentados juntos era un placer; uno miraba al otro y tal parecía que se encontraban en un sitio despoblado, aunque estuvieran rodeados de una multitud.

A la mejor insinuación de unas notas musicales, se disponían al baile. ¡Entonces sí! A su alrededor, el tiempo dejaba de ser para todos los demás. Sucedía que ellos y solo ellos ocupaban el escenario. Al terminar el espectáculo, todos tenían la certeza de que eran amantes, pues aunque al bailar guardaban compostura, el despliegue de sensualidad que se daba en cada movimiento hacía pensar en una alcoba murmurante. Así era, en efecto.

Varias horas pasaban uno junto al otro en silencio. Las noches las gastaban en hablar. Repasaban sus nostalgias y sus proyectos inconclusos. Hablaban de amores pasados, de sus niñeces y visualizaban sus últimos momentos. No se hacían promesas ni tejían futuros. En el futuro se encontraban. La palabra amor quedaba velada en esas conversaciones. A ambos les costaba pronunciarla. Tampoco hacían preguntas porque eran de la opinión que decir y escuchar era la mejor manera de entenderse.

Un día dejaron de verse y de hablar. En ocasiones un ruido lejano distrae. Puede ser una nota disonante, como un furtivo deseo o el altibajo de un desliz clandestino. La sinfonía queda inconclusa.

"¡El silencio y las tinieblas se parecen tanto!" suspiraba ella, "ambos causan un efecto discorde: el silencio multiplica las voces y la oscuridad recrea imágenes fantásticas. ¿Es esa la naturaleza del recuerdo y el olvido?".

Una mañana cualquiera, la luz irrumpe y se callan las voces. Cambian los nombres, regresa el presente. Pero lo incierto del futuro no evita que el futuro sea.

Yo, que vengo del futuro, tengo la certeza de que nuestros amantes sin nombre cambiaron de ciudad. Que se siguieron amando y que se encontraron en una estación de trenes siendo ya muy ancianos. Dieron un paseo tomados de mano. Esa tarde se paralizó todo movimiento y ellos volvieron a ocupar todo el espacio citadino.

El ciego bajó del escenario y fue a sentarse junto a una dama que guardaba silencio. Estaban solos en la sala del teatro aquel.

INSOMNE

Tomado de un cuento largo de Javier Marías, quien había leído "La mujer del boticario" de Chejov y uno cortísimo de Monterroso.

El escritor miraba la pantalla en blanco. Iniciaba una conversación cibernética tras otra. Aspiraba humo con sabor a vainilla. Respondía los correos recibidos. Volvía a la página en blanco y se incorporaba, de vez en cuando, para mirar por la ventana.

La mujer seguía allí, en la esquina. Le recordó una historia sin nombre. Machacaba sus tacones con cierta impaciencia y de vez en cuando cambiaba el bolso de un hombro al otro. Ya eran las siete de la noche y la mujer del escritor llamaba para la cena.

No quería delatarse; borró las búsquedas recientes en la red social. La búsqueda le había recordado el nombre de la mujer que observaba. El nombre le devolvió una imagen de juventud, pero no una historia.

Miró el reloj. Ya eran las diez de la noche. Por tres horas, entre esto y aquello y de una u otra forma, su mujer preguntaba: "¿adelantas?"; "¿qué te ha dicho el editor?"; "¿cuándo?".

La pesquisa había concluido. Se sintió aliviado. Ayudó a su mujer a desvestirse y le frotó la espalda. No fue una caricia, sino una forma de acabar con el monólogo nocturno.

—¿Cansada?

—Algo.

Minutos después, su mujer dormía. Se fue al estudio, agarró la pipa que descansaba inerte, como era de esperar, y sin prenderla, se la llevó a la boca. Volvió al dormitorio. Su mujer seguía allí bajo las mantas. Hablaba en sueños. Trató de escuchar. Ella repetía un nombre que a él no le devolvió una historia.

Regresó al estudio y miró por la ventana. La mujer de la calle también hablaba. No había nadie a su lado. Quizá pensaba en voz alta. Si él decidiera cruzar la calle, podría escuchar lo que decía, saber por quién esperaba. La mujer elevó el rostro. El recuerdo había envejecido notablemente. ¿Diez? ¿Veinte? ¿Cuarenta años?

Era la misma: aquella que irrumpió en su luna de miel, mientras su nueva esposa dormía; aquella que osó cruzar la calle, mirándolo desde abajo con sus ojos achicados por el reproche. La que él había olvidado. Hoy esperaba que él bajara; vino a eso. Vino solamente por hacerle saber que ya no importaba.

Antes, las ficciones atestaban sus noches y en las mañanas iban a tener al papel. Sus dedos ágiles machacaban las teclas, muy impacientes, tanto como los tacones de la mujer que esperaba en la esquina. Ahora no era así. Los recuerdos se habían borrado.

Se fue a acostar junto a su mujer, pero sus párpados postergaron el momento de dejarse vencer por esa pesadez insoportable. Entretuvo el insomnio contando las lunas azules que había visto; las lunas que le recuerdan nombres, pero que no tienen historias, y si las tienen, están ocultas en la nuca que descansa sobre la almohada.

A la mañana siguiente, la luna y la mujer de la esquina habían desaparecido. Su mujer seguía allí.

SIN TÍTULO

Llegué a esta ciudad un tres de septiembre hace ocho años. No fue casualidad. Había escogido regresar al lugar donde viví mi niñez y parte de la adolescencia. Mi presencia pasó inadvertida. La ciudad había crecido de forma descomunal y sus habitantes se habían mudado a las afueras. Las inversiones extranjeras construyeron cada rincón del casco, apretaron los espacios y cortaron tres arboledas, sustituyéndolas por aparcaderos.

Para esa época ya gozaba de cierta fama como escritor. Había encontrado la fórmula del éxito —no sin esfuerzo, les adelanto—. Llegar a componer un esqueleto donde insertaba personajes de todo tipo y los intercambiaba por otros, me tomó algo más de una década. Me mudaba de ciudad, de país y continente para ambientar, coloreaba las pieles de mis personajes y las decoraba con tatuajes tribales, copiaba los esquemas de los corruptos, imitaba a los capos y hasta a los santos de los altares. Hacía uso de idiomas exóticos para hacer creer que inventaba neologismos. Me uní a varias mujeres a las que abandonaba tan pronto se amoldaban a mi estilo. ¿Para qué quiere uno un amor común y corriente? Por supuesto, cambiaba de seudónimo y de editor, aunque la marca indeleble de mi escritura siempre era descubierta por algún crítico y la prensa delataba, en un homenaje a la creatividad, cada uno de mis textos. Terminé por adoptar un nombre artístico que los lectores esperaran y entonces desaparecí.

Aquel tres de septiembre me dirigí al ayuntamiento y solicité reunirme con el alcalde, quien me recibió con la distinción que merecía. El ayudante del alcalde me condujo a una cómoda sala, nada lujosa, pero cuyas paredes estaban forradas de anaqueles atestados de libros. Los míos ocupaban un lugar privilegiado, muy a la mano.

El alcalde resultó ser una alcaldesa. No cumplía con los cánones de belleza actuales. Más bien surgía como un recuerdo lejano de mi niñez. Un recuerdo que no pude rescatar con precisión. Ese día me convertí a su credo y comencé a escribir sobre ella. Se llamaba Beatriz. Bendito personaje el que inventé, porque me hizo disfrutar cada palabra que creaba para describirla. Según yo, la amaba. Dejé de usar paréntesis y mayúsculas. Me dediqué a violar, conscientemente, la fórmula que me había tomado diez años dominar.

Escogí un banco en la plaza frente al ayuntamiento para verla pasar cada mañana y despedirme de ella en las tardes. Cada día variaba. Beatriz de verde, Beatriz de amarillo. Beatriz, con una sonrisa blanca, piel de seda, Beatriz. Según escribía, mis recuerdos regresaban.

No conocí a mi madre. Me dijeron que falleció al yo nacer. Mi padre me llevó a casa de sus hermanas, que eran cinco. Crecí entre tules y acicales. Imitaba cada gesto de esas mujeres ante el espejo. Jugaba a disfrazarme; ellas reían de mis ocurrencias.

Cuando cumplí los doce años, mi padre volvió. De dónde, no sé. Ese día yo vestía de lino, como viste Beatriz. Había olvidado el incidente. Uno no debe recordar lo malo. Enfurecido, me propinó una paliza que me hizo borrar toda mi existencia.

Reinventé mi historia escribiendo, como he inventado a Beatriz, que cada tarde desciende la escalera del ayuntamiento, me mira por unos segundos y quizás se pregunta qué hace esa mujer sentada en el mismo banco de la plaza, vistiendo de lino desde que la vio por primera vez, aquel tres de septiembre ocho años antes.

RECOLECCIONES DE UNA TARDE
DE DOMINGO

Me detengo a mirar tras el cristal. Guardo silencio. Un diminuto modelo de violín o un carrito de colección, o también, un soldadito de plomo, pueden extasiarme. Me resultan particularmente atractivos cuando están colocados en el pequeño mundo que componen las vitrinas y a pesar de estar expuestos, como tentaciones, no están en venta. No puedes adquirir un violín, ni un carrito, ni un soldado de plomo individualmente porque pertenecen a una orquesta, a un convoy o a un ejército. Estas consideraciones sobre violines en miniatura, carritos de colección y soldaditos de plomo, dieron inicio a una conversación en la tarde del domingo, cuando ya había decidido callar hasta que llegara el lunes.

Luis, ese amigo inconsecuente (¿o es consecuente?) que aparece algunas tardes de domingo (no en las mañanas, porque duerme hasta pasadas las dos) dijo a mis espaldas, rozando su aliento contra mi nuca, que había visto la colección de Juan y que intentaba comprarla para su nieto menor. Nos gusta hablar de esas cosas cuando transitamos por la ciudad para no aburrirnos, y entre una cosa y la otra, tratamos de decidir qué comemos o hacia dónde nos dirigimos. A veces mi amigo también se distrae. Por ejemplo, si pasa una joven con un pantalón corto, muy apretado, dice que no se le ve bien. Que basta con que exhiba sus muslos tersos, sin celulitis (y como es hombre, los ojos se vuelven para mirar aunque, como tiene hijas, no debería mirar esos cuerpos expuestos con desparpajo que las hacen lucir vulgares). Y dice que Juan quiere venderle la colección a un precio que no está dispuesto a pagar, pero como al hombre le va mal en su negocio, la conseguirá a un precio reducido (va tomando ventaja de la situación precaria en que se encuentra Juan). Y dijo que habían hablado sobre esto el viernes anterior, después de una partida de dominó.

Pasamos por el correo, pero como era domingo, estaba cerrado. Exhibía esta otra vitrina una serie de cajas de distintos tamaños; unas muy pequeñas que podían contener uno o dos de los modelos de los que he venido hablando. Esta estación de correos es muy particular. Está expuesta al tránsito, y en días de semana puedes ver la fila de gente que envía paquetes o cartas o vaya usted a saber qué otros documentos al exterior del país, o que recogen envíos. Luis dijo entonces que no va a enviarle a su nieto, la colección de carritos de un solo viaje, sino uno a uno, para que le haga ilusión recibirlos. Como el niño cuenta con cuatro años, tiene todo el tiempo del mundo para coleccionar, si empieza desde ahora. Yo guardé silencio, que al fin y al cabo, era lo que había decidido hacer antes de ceder a la tentación de coleccionar historias.

Las historias se presentan repetidamente cuando no tengo cómo capturarlas, pero después, en las noches, me desvelan porque regresan, deformes. (Creo que ando repitiéndome). Gracias a que mi memoria sigue intacta, puedo recuperarlas en la mañana, que es lo que hago ahora. Escribir requiere escoger las palabras, por el interés de que digan lo que quieres decir. Las palabras también pertenecen a esos conjuntos que no pueden separarse y a veces van de dos en dos. Por ejemplo, la palabra "posesión" me viene a la mente. Ella sola no puede narrar la historia, pero si recreas la frase "orgullosa posesión" que dejó tirada Hemingway en medio de un párrafo de *Las nieves del Kilimanjaro,* puedes leer el recuerdo del escritor y protagonista. Está claro que al final solo quedan historias, y si no las has contado, las entierran contigo.

—En una ocasión coleccioné dedales, porque temo a las agujas —dije.

—Y yo, relojes de pacotilla, todos detenidos en una hora distinta. Conté veinticuatro antes de que empezaran a desaparecer... veintitrés, veintidós, veintiuno...

Nos ha dado hambre.

Fuimos a cenar al lugar de costumbre. Tomamos los tragos usuales y no miramos el reloj; repasamos las historias que ya habían sido contadas.

—Una vez —comencé a decir—, estando en Viena, me quedé mirando un modelo de violín en una vitrina. Era un primero de mayo. Me distraje tanto, que la excursión siguió su paso y quedé allí como un soldado de plomo. Ese día, un pequeño grupo de comunistas (ya no quedaban muchos en Viena), manifestaban en defensa del proletariado con palabras escritas en pancartas. No había estado nunca en la ciudad. Tuve que ingeniármelas para llegar al muelle donde estaba atracado el barco de río donde viajábamos.

—Ya conocía la historia —dijo—. ¿Y si vamos a Argentina?

Ese viaje que ambos sabemos que no hemos de realizar.

Terminaba un cigarro y lo tiraba, impulsándolo con el índice.

—*Mi Buenos Aires querido...* —canta y me hace recordar el conjunto de sombrero ladeado, cigarro prensado entre los labios, cuello desnudo, ancho.

Entona otra canción de nostalgia. La sigo.

—Dime una frase —pidió. No pude recordar entonces la "orgullosa posesión" con que había sido amado Henry, antes de dirigirse a la Casa de Dios, la montaña más alta de África, el Kilimanjaro, coronada de nieve. Esa "orgullosa posesión" que siento sobre él (mi amigo consecuente e inconsecuente), lo incomoda. En cierto modo, cuando conoces a la gente, la posees. No puedes poseerla por partes, sino como un todo. Hay que reducirla a una imagen de conjunto.

De esa forma transcurrió la tarde del domingo, que era lo que quería contarte. Mañana fue lunes.

CAROL WEIGLE-BENIAMINO

Además de una incursión tardía en el mundo de las letras, los planes de jubilación de esta socia riopiedrense del AARP, incluyeron la siembra de un jardín de yerbas culinarias y mejorar su técnica en las artes plásticas. Graduada de la UPR al son de los Beatles, trata de dar la batalla en lo pictórico y literario; ejemplo de ello, la publicación de varios cuentos cortos en la extinta revista *El Morajú*, publicada por la escritora Sylvia Domenech; certámenes de arte y una exhibición grupal de arte figurativo. Por desgracia, el cultivo de romero, orégano, cilantro y recao incluido en la agenda post retiro, resultó víctima del bajón de las aguas en la represa Carraízo.

YA NO ES IGUAL

El tren arribó al Roma Termini una tarde en que el calor derritió un récord de doscientos años. Los vendedores de agua embotellada hacían su agosto en junio y los felinos desfallecían a la sombra de los palcos imperiales del Coliseo. Nos hospedaríamos en el Hotel Forum, nuestro alojamiento cuarenta y pico años antes (un pico de gaviota). El hotelito no era muy estrellado entonces, y se notaba. Aun así, la solitaria estrella resultó ideal para un par de busca gangas como nosotros. Previo a la segunda estadía, un violento ataque de nostalgia llevó a mi marido a un agobiante cacareo sobre el mencionado albergue. Tras decidir el callejeo por el recuerdo, coloqué lo necesario, y lo no necesario, en la maleta; nada nuevo bajo el sol. Incluí también los frascos de Geritol y Memorex. Las Midol no dieron el viaje; ya no era igual.

Quince minutos nos tomó la travesía de la estación al hotel, o más bien, más allá del hotel. La cantata a dúo con Beyonce llevó al taxista a pasar la entrada por un buen trecho. La encogida de hombros del taxista que acompañó el frenazo, precedió por segundos al pago exacto sin propina y la encogida de hombros de mi marido. Agradeciendo al de la idea de ponerle rueditas a las maletas, arrastramos el equipaje hasta la entrada del hotel. De inmediato supimos de su promoción a general de cuatro estrellas. El ascenso respondió a la obligada remodelación tras la estadía, sin reserva, de las aguas del Tiber en la inundación de 1980. A pesar de la elegancia, eché de menos las ánforas de vino en el bar y las paredes de ladrillos descascarados. No, ya no era igual.

Como la pizza de pepperoni y setas engullida en la Stazione Bologna Centrale había tomado el rumbo de los gladiadores, solicité un servicio de piscolabis pre cena. La respuesta nos llevó a la amargura: servicio a los cuartos, inexistente; cocina, cerrada, y para echarle alcoholado al guayazo, el restaurante abría a las veinte horas. Las tripas, que no *capisce* la hora militar, mantuvieron la cordura hasta sacar cuenta y enterarse de que no podrían neutralizar la acidez hasta las ocho de la noche. Resignados, dividimos el Snickers rescatado del fondo de mi cartera y encendimos los Kindle, para matar con lectura las horas hasta la cena. Como dije: ya no era igual.

A las veinte menos cinco nos dirigimos al ascensor con capacidad para cuatro pigmeos anoréxicos. Un nutrido grupo esperaba el traslado a la azotea, la terraza al aire libre que servía de comedor. La mayoría de los presentes eran turistas americanos, acostumbrados como nosotros a *mangiare presto*. Tras una espera exasperante, abordamos el cajón tembloroso hasta el quinto piso. Rápidos taconeos sobre cerámica italiana nos colocaron en la fila para ser escoltados a la mesa. Delirantes por el aroma del pan recién horneado, contemplamos el espectáculo ante nosotros: las ruinas del Foro Romano iluminadas por focos de colores cambiantes. Poco más tarde, el *Maître D'* Paolo Rostro Di Yeso, nos condujo a la mesa acompañados con los acordes del pianista Sergio Mala Nota, conocido en Roma como "El Asesino de la Corchea".

La canasta de pan le ganó por segundos a la carta de vinos en carpeta de cuero repujado. Bollitos de pan, rolos con semillas de ajonjolí, tostadas tamaño normal y en miniatura, pan negro (rogué que fuese el color original), galletas saladas y de soda, y varios paquetitos de *grissini*, los palitos de pan italiano. La abundancia en carbohidratos me llevó a sospechar que la cena tardaría más que la construcción de la Vía Appia. Luego de estudiar la lista de vinos, Kid Nostalgia pidió una botella de un fino Barolo. Supongo que la oscuridad del lugar, sumada a sus cataratas programadas para cirugía, fue responsable de la selección. En fin, la VISA tendría que ajustarse los pantalones. Además del tinto, ordenamos crema de tomate a la mozarella para el caballero, y *pennette* a la siciliana para mí. Soñar con el pasado es gratis.

Mientras la brisa suave le robaba varios grados Celsius al ambiente, decenas de aves surcaban la bóveda celeste sobre la terraza. La voladera del rebaño alado sin una sombrilla a mano llenó nuestras mentes de pensamientos nefastos. Aun así, el ornitólogo frustrado a mi lado quedó en total eslembe con las que identificó como golondrinas. Para mí, miope sin remedio, pudieron haber sido focas voladoras. La noche cayó, al igual que las primeras copas del Barolo. Jamás imaginé que llegaría el momento en que vino y música romántica —aunque desafinada— no llenara mi psiquis con ideas XXX. ¿Culpa de Mala Nota? ¿Falta de algo masticable bañado en salsa? ¿Post menopausia acompañada con desgaste neurológico? No, era que ya no era igual.

Entre las pocas ventajas de tener mozos con reuma en las chanclas, estaba disponer de tiempo para la crítica de los demás comensales. Empezamos la disección con los vecinos de mesa, una pareja de rusos. Él, menudito y simpático; ella, ex miembro del equipo soviético de lucha libre antes de las pruebas de dopaje. El marido apenas probó una ensalada; la mujer se pasó la mitad de una vaca con obesidad mórbida y enfocó en las yerbas del infeliz.

61

Rostro Di Yeso nos dio material para el cuchicheo al enviar a un turista americano a echarle ruedo a los pantalones cortos. Tras otros despiadados comentarios, enfocamos en el escote de una francesa. Era obvio que la veteranísima dama desconocía que la ley de la gravedad estaba vigente. El despelote francés me llevó a acomodar —con disimulo, por supuesto— mi 18-Hours de Playtex.

La interpretación de Mala Nota mejoraba a la inversa del nivel del Barolo en la botella. Justo con la llegada del *piatto pincipale*, el pianista arrancó con "Venecia sin ti". Solo necesité siete estrofas para identificar el viejo clásico. Dos horas y dos botellas de tinto más tarde, empancinada por un lenguado con almendras en un plato al tepe de *linguine all'aglio e olio*, ordené un macchiato. Justo con mi café llegó el carrito de los postres. El mozo chofer lo estacionó frente a la mesa, y acto seguido, el mozo bilingüe a su lado comenzó a identificar los dulces. Mi marido detuvo la letanía en el tiramisú. Levantando en alto el platillo con una generosa porción del postre, el conocedor de lenguas preguntó en un inglés más acentuado que el del *Godfather*:

—¿*Tu focks?*

Con una leve sonrisa y un "ay bendito, mijo" encendido en la mente, tasé al zombi embriagado a mi lado y completé el desaliento: "solo con un milagro, *carissimo*". Hombre observador, Vito Corleone notó las carcajadas atascadas que luchaban por abandonar las gargantas. Con cara de *capo di tutti capi*, repitió la pregunta, y esta vez, además de levantar el tiramisú, levantó la voz... y dos tenedores:

—¡¿*TU FOCKS?!*

—Ahhh... eso —respondimos a dúo.

Media hora más tarde, en el cuarto, los ronquidos de mi compañero de colchón me adelantaron el *hangover*. Par de Alka Seltzers en agua de botella sin gas, y tiré la cabeza sobre la almohada. Antes de quedar inconsciente por la contusión, creo haberme preguntado si columna de mármol vestida con la funda blanca, sería la misma almohada de la primera visita. Eso sí era igual.

DE CUATRO RUEDITAS

Se veían regias en el *shopper*. Además de material liviano y resistente, mango replegable y cierre de cremallera extra fuerte, tenían cuatro rueditas giratorias. Consideré prudente un encuentro cara a cara para ponderar el posible peso de la maleta abarrotada —a nivel de reviente de zipper— versus el desgaste muscular de los encargados de movilizarlas, o sea, mi marido y yo. Aunque hace tiempo que nuestro actual equipaje se trae una cantaleta con el retiro, el que paga los pasajes con su VISA Advantage se resiste a reemplazar las gemelas decrépitas de dos rueditas. El argumento de las candidatas a jubilación tiene mérito: años de servicio, carga abusiva y malos ratos más allá de la garantía del manufacturero. Presentaron de ejemplo el transporte del suvenir que achocó a mi marido cuando las turbas alemanas amarronaron la muralla de Berlín en el ochenta y nueve. En verdad había perdido cuenta, no solo del peñón alemán, sino también del millaje acumulado —el de las maletas, el mío no viene al caso—. Pero crédito al que lo merece: nuestro equipaje siempre ha dado la milla extra, arriesgando ruedas, mangos y pellejo en aire, mar y tierra. Además de las vejaciones recibidas en las ocasiones en que han sido enviadas a rumbos equivocados, en su currículum vitae podemos encontrar: rueda dislocada en adoquines cubanos, cremallera atascada por la acción de una "mano negra" en la aduana de Nápoles, laceración de diez pulgadas en un hotel neoyorquino de dos estrellas, caída libre desde el compartimento para equipaje de un Boeing 787.

Como el tiempo no machaca en vano, una de las gemelas requirió hospitalización dos meses atrás. Así como lo leen. Acudí con la lesionada al Dispensario de las Maletas en Puerto Nuevo. Petrín, la simpática y experta maletóloga, se encargó del trasplante de cremallera y rueda.

—Las rueditas sufren desgaste terminal —me dijo Petrín, en un aparte que escucharon todos los presentes—. Deberían ser reemplazadas por nuevas con cajas de bolas.

—¿Lo último en rueditas para equipaje? —pregunté.

—Salieron al mercado hace... más de quince años —acompañó la información con una ceja elevada y media sonrisa, la muy... Petrín.

La visita al centro de salud tan solo alargó lo inevitable. Meses después de la cirugía, en una ciudad de aceras agrietadas y calles empedradas, tuvimos que enfrentarnos a la realidad: la vida útil de las gemelas rodantes colgaba de un hilo... finitito. El momento fue doloroso; demasiados recuerdos y aventuras compartidas, hasta reviví el día en que se unieron a nuestras vidas —un especial de Sears tras la votación que eligió a Romero Barceló—. También recordé con nostalgia el tatuaje que marqué en sus lados: una inicial de doce pulgadas para un rápido ID.

El valor de la decisión me azotó durante el desayuno, entre los huevos fritos *easy over* y el sorbo de puya que vació la taza de Goofy adquirida en Disney. Bajé mi Silver Centrum con Ensure, dejé inconcluso el Sudoku y... fui a buscarlas. Abatida por el destete, las rodé por última vez hasta el baúl del auto.

Más tarde, al salir del Salvation Army, enjugué las lágrimas del adiós postrero, y sin mirar atrás, emprendí camino a K-mart. Era el último día del especial.

JALÓN DE LUZ

Floté insegura sobre el cuerpo inerte. Logré dominar la aeronáutica tras algunos virajes disparatados. Atontada, volé alrededor de la veterana con la bata de bayeta anaranjada *in extremis* y el pelo azul en rolos violeta tamaño súper tubo. El cantazo del entendimiento detuvo mi traslación aérea. Con aleteo de picaflor *in situ*, observé con nostalgia la forma familiar sobre la camilla. Quinientos vatios de fulgor alucinante cortaron el embeleso; la tan mencionada luz al final de la trilla mortal. Un breve *ciao* a la momia enrolada, y me deslicé por el túnel a trescientos mil kilómetros por segundo.

Los idos que regresan mencionan flores y colores brillantes; algunos incluyen aletazos de incienso y música celestial. Lo siento mi gente, pueden olvidar las arpas. Al final del conducto, la brutal succionada me depositó sin tongoneo alguno en un ambiente tipo Piñones en madrugada de vaguada. Ante mí, un paisaje ruinoso, lleno de yerbajos, hoyos con agua cochambrosa y suficientes latas y botellas para cubrir la cuota de reciclaje por un año. Un letrero de luz fosforescente me dirigió a un grupo de descarnados frente a un directorio:

DEPARTAMENTOS PARA LA
UBICACIÓN POST MORTEM.

LIBRE DE PEAJE* encabezaba la lista, aclarando el asterisco que la admisión era solo por invitación. Una flecha señalaba la escalinata hacia la azotea celestial. "Mi destino", pensé jubilosa, y sin leer la explicación del asterisco, me dirigí a la escalera automática. Adivinando mis intenciones, el guardián de la bata azul celeste con motivos alados me enganchó en la mirada. La sonrisa mordaz y un humillante *¡já!*, acompañaron el dedo índice extendido que rotó en el aire. Media vuelta me devolvió al directorio.

MEJORA DESTINATARIA era lo segundo. El individuo que se secaba los lagrimones a mi lado, susurró algo que sonó a purgatorio. Sospechando que el proceso para expiar las metidas de pata envolvía tormento y algo de sufrimiento —aflicciones a las que me opongo por razones de culillo— decidí pasarlo por alto. Metiendo la cuchara en el sopón ajeno, una cuarentona con tatuajes eróticos en el despechugue del escote me dijo con burla:

—No lo pienses mucho amiguita, lo tuyo es PAGO DE MULTAS, en el sótano. Y prepárate, que las facilidades son del coño, no hay aire acondicionado y la empleomanía está del demonio.

Sin hacer caso a la depravada entrometida, me dirigí a RECLAMACIONES, flecha a la izquierda, la siniestra. La fila estaba de concierto de Calle Ocho en el Choliseo. Luego de tomar mi turno, el 1782, eché un ojo a los alrededores. No había sillas, sombrita, lugar para una recostadita de espalda o fondillo ni máquina de refrescos. Patrullaban el área varios *body builders* con esteroides. Sus uniformes negros, la macana y el *SECURITY* bordado en la espalda, dejaban claro que los quejosos se habían podido...

Cuarenta y ocho horas más tarde, llegué frente al mostrador. Allí quedé a la merced de un tipo con la simpatía de un empleado de colecturía un viernes a las tres y media de la tarde. Adherido con imperdible a su también oscuro ropaje, tenía un pequeño marbete plástico con su nombre: H.P. Bully, Evaluador de Casos. El mencionado HP, tras mirar despectivo mis rolos violetas, levantó una ceja, explayó las aletas nasales y preguntó mi nombre.

—Margó Toafuñía —contesté.

Después de entrar el dato en la pecé, el evaluador comenzó un impaciente repicar de dedo sobre el mostrador. Recreando su mirada en mi bata anaranjada, soltó la grosería no solicitada:

—Mi madre siempre decía que llevara los jockeys inmaculados, por si las moscas —la impresora escupió el informe en el momento que HP completaba su joya filosofal—. Espero que las moscas hayan encontrado tus interiores en mejor condición que la indumentaria.

Dando un alto a la impertinencia, leyó el impreso, levantó las cejas cual arcos de McDonald, y soltó un antipático:

—*¡Oh-myyy-Godddd!*

Bajé treinta pisos a PAGO DE MULTAS. Los escalones al sótano acabaron con lo que el reuma había dejado de meniscos. La bayeta dejó su enchumbe en los peldaños, a la vez que la temperatura se entretenía en derretir los rolos. Abandonada a mi suerte, arrastré mi desgracia como el tango: cuesta abajo en mi rodada. Atosigada con azufre, entregué el detalle de multas al portero, un sátiro de ropaje escarlata y rabo enrollado dentro de un pantaloncito deportivo. Tras ponchar el documento, el ujier de turno —un ángel venido a menos, pana íntimo de Lucifer— me escoltó al Club de Borinkeños en las Pailas. La facilidad tenía capacidad para un campeonato de la FIFA. Un sonoro *¡SORPRESA!* sacudió la lava crujiente. Mientras la salsa pisada con bachata trituraba los tímpanos, mis lágrimas se evaporaron a mitad de cachetes. No era para menos; frente a mí, envueltas en humo colombiano y ajumados hasta el bochorno, mis amistades en ese lado del túnel.

68

Medallas en mano, la amada cafrería rodeaba una pancarta, un toque de clase tan típico en ellos:

MARGÓ: LO TUYO ESTABA ESCRITO
¡BIENVENIDA!

ANIVERSARIO CINCUENTA

Recordar es la única forma de detener el tiempo.
Jaroslav Seifert

El viaje "Aniversario Cincuenta" de la Agencia de Viajes Cataclismos arribó a las 7:46 a.m., una hora antes del suceso. El centro neoyorquino donde se recibía a los turistas estaba a pocas cuadras del destino de estos. La cápsula y los controles de reintegración celular del tele transportado ocupaban gran parte del sótano en un edificio deteriorado y huérfano de letreros que anunciaran nombre o propósito. Al salir de la agencia, Antonio fue recibido por una grata brisa y el saludo azul de un cielo claro. "Ciertos días no tienen derecho a ser tan hermosos; la desgracia debe vestir siempre sus grises", pensó con amargura. Se movió a lo largo de la avenida con rapidez, entre cientos de turistas y miles de neoyorquinos camino a sus empleos. A pesar de la agradable temperatura pre otoñal, llegó a la Torre Sur bañado en sudor. Previo al viaje, había programado su ordenador transdermal para recibir los minutos en forma regresiva. Activó el otorreceptor implantado en su canal auditivo, y de inmediato recibió la notificación inicial: cincuenta y dos minutos para el primer impacto, setenta para el segundo. Tenía poco más de treinta minutos para encontrarlos.

***

Llegué a la finca en la valija del desconsuelo. Contrario al júbilo de otras visitas, esa fue marcada por la congoja. A mis cortos años, la isla se convirtió en morada, y el español, en mi nueva lengua. La ausencia de mis padres tomó en mi mente el triste sabor de un abandono. Aun así, jamás pude envolverlos en el sudario del olvido. Con el tiempo, supe de la muerte de estos; las horribles circunstancias las conocí luego. Aunque por muchos años la desgracia fue obsesión, el tiempo se encargó de embotar la angustia. Poco a poco, la generación que recibió mi pena transmutó a fragmentos de memoria. La muerte de la abuela terminó cubriendo de apatía mi existencia. Suspendí mis excursiones al extranjero; algo intranscendente, ya que nunca había viajado por el disfrute fugaz que rompe el aburrimiento. Mi propósito siempre fue adormecer con novedad el recuerdo. Viajaba solo a cualquier lugar, menos a Nueva York. Las relaciones personales me resultaron siempre fatigosas, y Nueva York era... Nueva York.

***

Al llegar frente al mezzanine de la Torre Sur, Antonio activó el K-Vision integrado a su función visual. La visión caleidoscópica con reconocedor facial a tiempo real le permitiría localizar los rostros que buscaba. Para identificar las facciones amadas embotadas por los años, había almacenado varias fotografías antiguas en el ordenador KX-2051 post auricular, el control del K-Vision recién actualizado. Escrutó el área sin escuchar la señal de identificación de rostros. Tomando en cuenta que la mayor parte del espacio en la torre estaba cerrado al público, se dirigió a los miradores de observación. Mientras se apresuraba hacia al piso 107, la voz mecánica del otorreceptor actualizó el tiempo: cuarenta y dos minutos para el primer impacto, sesenta para el segundo.

***

Conocí de Viajes Cataclismos, la agencia especializada en retro viajes catastróficos, a través de unos primos. Durante un almuerzo familiar, la morbosidad de estos arruinó el apetito de los presentes con los grotescos detalles de las desgracias revividas en sus últimas vacaciones. Aunque encontraron fascinante desplazarse a 1906 a disfrutar el terremoto de San Francisco, su desastre favorito continuó siendo la erupción del Vesubio y la subsiguiente destrucción de Pompeya. Para terminar el recuento de calamidades, dejaron atrás la lava volcánica del año 79 y embarraron a todos con los sangrientos eventos del ataque a Pearl Harbor. Dieron fin a la encantadora conversación con el anuncio de sus planes para tomar el especial de la agencia en el mes de septiembre.

Viajar al pasado a revivir tragedias nunca estuvo en mi lista de cosas por hacer, pero la oferta para el aniversario cincuenta del desastre que marcó mi vida, hizo brotar una idea en mi mente. Esa noche encendí mi placa fotosensible Holograph Plus con ultra definición, que me había regalado hacía unos meses en un raro momento de esparcimiento post depresivo. Las grandes letras tridimensionales lo pregonaron: SEA PARTE DEL MOMENTO, CELEBRE LOS CINCUENTA AÑOS DE LAS TORRES GEMELAS Y EL PENTÁGONO. La agencia envió de inmediato la información para el viaje. Anticipando que no entendería lo que para mí sería pura jeringonza, pasé por alto la literatura explicativa de la tecno física y disgregación fisiocelular, y fui directo a las instrucciones generales. El día del viaje debería acudir temprano al centro de translación viajera. Luego de la preparación pertinente, entraría a la cápsula de transborde, y en fracciones de segundo, llegaría al centro de recibimiento en la ciudad de Nueva York. Tras la reintegración celular, nos entregarían vestimenta de la época y veinte dólares en moneda legal del periodo. Fecha de llegada: 11 de septiembre de 2001.

***

El ascensor lo llevó del mezzanine al piso 107 en cincuenta y ocho segundos. El área de observación bajo techo estaba prácticamente vacía, tal vez por la hora temprana, o quizás por ser aquel un día perfecto para admirar la ciudad al aire libre. Tan solo le tomó unos minutos al K-Vision procesar los rostros presentes. La señal de reconocimiento facial quedó en silencio. La mirada de Antonio escapó hacia el impresionante panorama de Manhattan; las agujas de los rascacielos apuntando al cielo alborotaron su recuerdo. Las palabras del otorreceptor lo sacaron del embeleso: veinticinco minutos para el primer impacto, cuarenta y tres para el segundo. Aceleró el paso; solo podía permitirse diez minutos más de búsqueda si quería salir con vida del edificio.

***

Aquel septiembre, mis padres sirvieron de guía a los tíos de Papi en su visita a la ciudad. Tras mi pataleta infantil al saber que no los acompañaría ese martes al World Trade Center, mi madre me condujo con su acostumbrada paciencia a esperar la guagua escolar. Asomado a una ventana del autobús, sostuve su figura en la mirada hasta perderla en la distancia. Recuerdo el suave escalofrío que recorrió mi cuerpo en aquel

73

instante; una experiencia nueva en mis seis años de vida.
No comprendí entonces la inesperada conmoción, ni que
guardaría por siempre en mi memoria la falda negra que
apenas cubría sus rodillas, la chaqueta de mahón azul tan
de moda y la blusa con diseños de cocodrilos escogida
por mí.

***

Ansioso, subió las dos escaleras automáticas hacia
el piso 110. Tomó de dos en dos los peldaños hacia el
mirador en el último piso de la Torre Sur, abriéndose
camino entre los que se dejaban llevar por la escalera sin
esfuerzo propio. La plataforma exterior, a 1,377 pies de
altura, se encontraba abarrotada por el grupo madrugador
de las 80.000 personas que acostumbraban visitarla
diariamente. Buscó entre caras extrañas los rostros
conocidos. Alternó la mirada entre turistas y horizonte. A
lo lejos, detectó una chaqueta de mahón. Empujó los que
impedían su paso y tomó el brazo de la mujer. No era su
madre. Las palabras del otorreceptor llevaron al espasmo
su abdomen. La respiración alterada se hizo aún más
rápida: dieciocho minutos para el primer impacto, treinta
y seis para el segundo. Con la angustia del tiempo que
escapaba, continuó explorando la terraza.

***

Los primeros aniversarios del ataque terrorista
fueron amargos. Con el tiempo, el rencor enterró mi
pena, y tras el odio, llegó el letargo. Por desgracia, no
hay olvido definitivo; los recuerdos, dulces o perversos,
siempre encuentran el camino a la memoria. Los días
previos al viaje resultaron en una colmena de ansiedad y
angustia. Recordé el momento en que los abuelos
descargaron la furia contenida. Aquel día, comprendí que

no era el único que había perdido; ellos lloraron la partida de su hija y yerno. Los detalles del desastre que no quise escuchar en aquel momento, me obligué a conocerlos para el viaje. Estudié los pormenores del ataque, el horror de la tragedia y hasta memoricé el plano de la Torre Sur, en la que según los abuelos, encontraron la muerte mis padres.

***

Se agotó el tiempo que Antonio había asignado para la búsqueda; era el momento de tomar las escaleras automáticas y el elevador que lo devolvería al mezzanine. El pandemonio que causaría el impacto del primer avión contra la Torre Norte estaba a punto de ocurrir, y aunque su mente le gritaba que abandonara el edificio, la esperanza de volver a ver a sus padres, aunque fuese por un instante, se impuso. Se dirigió a la esquina noroeste de la terraza, su lugar favorito cuando niño. De camino a esta, un punto luminoso en el cielo atrajo su mirada. Volvió los ojos a la terraza y aceleró el paso; ya conocía el destino de aquel avión que volaba bañado por el sol mañanero. Observando con nostalgia el binocular de alto perfil que su padre había bautizado como "el de Tony", recibió un alerta del K-Vision; la doble resonancia intracranial indicativa de una identificación positiva. Acompañando la señal, y sobrepuestas en su mirada, surgieron las imágenes holográficas de sus padres. Reconoció con nostalgia la chaqueta de mahón frente a él. Junto a la muchacha, un joven con rasgos parecidos a los suyos, señalaba un punto de interés al hombre cincuentón que observaba el panorama a través de los cristales. Mientras se acercaba a ellos, el otorreceptor sentenció: nueve minutos para el primer impacto, veintisiete para el segundo.

Caminó decidido hasta el grupo, ocultando la humedad en sus ojos tras las gafas provistas por el tour, las Ray Ban plásticas, modelo 2001. Acortó la distancia haciendo acopio de una serenidad muy ajena al momento. La joven de veintitrés años lo miró curiosa; algo en el hombre gritaba familiaridad. Nervioso por el encuentro y el peligro inminente, Antonio se identificó como el abuelo del pequeño Billy, su compañero favorito en primer grado. De inmediato, presentó la razón de su presencia, la que confiaba serviría para convencerlos a seguirlo de inmediato edificio abajo. "Tony tuvo un pequeño accidente y fue llevado a emergencias. Si me acompañan, los llevo; tengo mi auto cerca". Mientras corrían ansiosos hacia las escaleras mecánicas, el vuelo 11 de American Airlines, un Boeing 767 cargado con 20,000 galones de combustible, volaba hacia su objetivo: la Torre Número Uno del World Trade Center, la Torre Norte. El otorreceptor indicó que solo faltaban cuatro minutos para el primer impacto y veintidós para el segundo.

Bajaron rápidos las escaleras y corrieron a unirse al conglomerado que abarrotaba el espacio frente a los numerosos ascensores. La algarabía de los turistas en el piso 107 contrastaba con la impaciencia de Antonio y sus acompañantes. A pesar de la rapidez de los elevadores, la espera le resultó insoportable. El dolor en las sienes se volvió agobiante. Observó a sus padres; el brazo masculino sobre los hombros maternos, sus manos unidas en angustia, temor por el supuesto accidente de su niño. Apenas pudo contener el deseo de abrazarlos, un anhelo de medio siglo. El otorreceptor atajó el sentimiento: dos minutos para el primer impacto, veinte para el segundo.

La multitud en espera de los ascensores los hizo descartar el expreso al primer nivel. Decidieron tomar un local hasta el piso cuarenta y cuatro y abordar allí un expreso al mezzanine. Camino a los elevadores locales, el otorreceptor retomó el conteo regresivo, esta vez en segundos. Antonio apretó los ojos: ...tres, dos, uno, impacto. Un sonido fuerte, como una explosión amortiguada proveniente de la Torre Norte, aturdió a los presentes. Un leve temblor, una vibración maligna acompañó el aire succionado. "¿Qué demonios fue eso?", preguntó alguien. El temor permeó el ambiente. Mientras los presentes se miraban en silencio, Antonio corrió a una ventana. El cielo azul, ya no lo era. En su lugar, un telón de oscuros grises servía de fondo a la lluvia de confeti tóxico. El desconocimiento de lo ocurrido llenó a todos con urgencia. En cambio, el apremio de Antonio fue por saberlo.

La madre señaló la salida más cercana: las Escaleras B. El terror llevó un enfático *no* a la garganta de Antonio. Conociendo que el vuelo 175 de United no tardaría en destruirlas, los guió, entre el creciente grupo deseoso de abandonar el edificio, al lado opuesto: las Escaleras A. Ya cerca de los ascensores expresos, uno de estos abrió sus puertas. El pánico movió el grueso del grupo en estampida hacia este. Para suerte de Antonio, otro elevador se detuvo ante ellos. Entraron sin hacer caso al letrero que alertaba: *In case of emergency use the stairs*. La decisión no fue ponderada, sino un impulso irracional nacido del temor: por las escaleras tardarían casi una hora en llegar al mezzanine; por el expreso, menos de un minuto. Justo al cerrarse las puertas metálicas, la voz ecuánime del otorreceptor retumbó implacable en el oído de Antonio: cinco segundos para el segundo impacto, cuatro, tres...

ERLEEN MARSHALL LUIGI

Nació y se crió en San Juan, Puerto Rico. Posee una Maestría en Arte y un Doctorado en Filosofía de la Universidad de Puerto Rico (UPR) con concentración en Psicología. Ha participado en talleres de dibujo y pintura en la UPR con Allison Daubercies y otros con Jennifer Nieves. También ha participado en talleres de Creación Literaria con la escritora Sylvia Domenech y en la Universidad del Sagrado Corazón con los escritores Emilio del Carril y Rubis M. Camacho. Es amante de los géneros literarios conmovedores que tocan la realidad, de la pintura paisajista y semiabstracta, de la costura y otras pasiones. En 2014 publicó la colección de cuentos titulada *Desvistiendo emociones*, Editorial Mariana, Puerto Rico. Es miembro del Pen Club de Puerto Rico Internacional. Correo-e: emlcuentos@gmail.com.

HASTA EL PRÓXIMO VIERNES

...sobre pueblos y ciudades asombrados y aturdidos,
dice todo cuanto sigue con su verbo excepcional...
Félix Matos Bernier

Sueno un pito antes de juntar las puertas del vagón y dos silbidos al cerrarlas. Pronto, una mujer comienza a repartir hojas con la foto de la adolescente desaparecida que fue avistada en las cercanías de la siguiente estación, la del Centro Médico. Reconozco a la jovencita. Al llegar allí, sale rápidamente con sus papeles antes de que el guardia de seguridad, vestido de pantalón verde y polo negra, le advierta que no está permitido, entre otros, hacer propaganda, tocar instrumentos musicales para pedir dinero, ni vender chocolates: tres actos que ya se han cometido en la última hora, en ausencia del guardia. Abordan la novelista y el encorbatado. Él desprende la tarjeta de identificación que llevan muchos en el pecho de la camisa en esta parada. Tengo que velarlo porque ese tropezón con la chica de la novela no fue casual. No quiero que perturben mi calma.

Hoy es viernes, mi día favorito, pero únicamente en el horario diurno, porque suele ser de pasajeros que transitan solos entre las hileras vacías. Son algunos jóvenes con mochilas o audífonos, atentos a sus celulares; uno que otro desconsiderado que pone los pies en el asiento y trato de ignorarlo. Es el viejo que suele reclinar la cabeza sobre el cristal o la mano, con la vista perdida o

81

escondida en los párpados. El enguantado que entra con su bicicleta, mirando hacia los lados repetidas veces, como si lo estuviesen persiguiendo. Es un infante en coche, o un adulto en silla de rueda y son los pocos que van y vienen con bolsas de compras. Cerca del anochecer es cuando comienzan a entrar en grupos perfumados y alborotados hasta la estación Roosevelt o Hato Rey. Se dirigen al estadio o al coliseo para ver los juegos de pelota, de baloncesto, los conciertos y, los peores, los fanáticos de boxeo que vaticinan a gritos a sus vencedores. Todo esto hasta el domingo. Cuánto deseo, en esos momentos, halarme por los rieles con mayor impulso, chillar más veloz en la curva entre esas estaciones y ser recibido victorioso con las tres grandes banderas del Choliseo.

En estas últimas semanas me gustan más los viernes por estos dos: la señorita que se concentra leyendo novelas y el galán que intenta distraerla. Ella vuelve a sentarse en los asientos paralelos e inmediatos a las puertas, ajusta un audífono en la oreja y comienza a leer. Él se acomoda frente a ella o al lado, suelta el botón del cuello, y hasta la estación de Sagrado Corazón, intenta comunicarse. Allí, se baja y la observa alejarse durante mi descanso de cinco minutos, mientras los ventiladores resoplan mi aliento tibio y los viajeros aéreos me observan desde los ensordecedores *jets*. Aviso: *Cerrando puertas*. El encorbatado sube de regreso hasta Bayamón. La primera vez, creí que se había equivocado de dirección, porque muy bien pudo haber abordado directo hacia su destino sin esta media vuelta, y lo ignoré. Me ha resultado divertido. Hoy deseo escucharlo mientras me contoneo por arboledas de follaje transparente, quebradas refrescantes y puentes soleados antes del túnel de Río Piedras, donde las lámparas con sus ojos rectangulares encendidos, revelan mi velocidad moderada. Percibo que el galán cambiará su táctica de atracción hoy. Lo escucho.

***

No me mira. Le di paso las dos veces que pude y no me miró, pero el *¡Gracias!*, lo pronunció en el tono más suave posible, más suave que una lámina de radiografía.

***

Pito y silbo. No sigo su pensar. No me gusta la oscuridad del túnel y sueno mi queja, como de viento huracanado, apurado por salir del corredor hacia la Piñero con sus paneles de enjambres circulados de amarillos. Siento que la novelista está nerviosa. La escucho ahora.

***

¡Una desaparecida! Ese hombre de la corbata de puntitos me mira tanto que ya me inquieta. No puede ser casualidad que coincidamos cada viernes. Cuando Mami sepa de esa pobre jovencita, me va a repetir los peligros de yo viajar sola por acá. Pero es tan fácil dejar el carro en el Sagrado para ir al Hospital del Niño. Para colmo, es una década mayor que yo; debe estar en sus treinta. Ella me advierte que estos no son de buenas intenciones. ¿Ese tropezón de hoy sería para abrazarme? El primer viernes que lo vi, se sentó a mi lado y no dejaba de acomodarse la corbata. ¿En qué estaría pensando? Es un símbolo fálico. ¿Debo preocuparme? No sé. Lo he creído amable porque me ha cedido el paso. Es tan alto y guapo, huele a cedro fresco. Cree que no lo noto, pero bajo más la cabeza sobre el libro y por el rabillo del ojo le he visto las palmas de las manos: anchas, bronceadas, dedos cortos sin aros; los bíceps abultados debajo de la manga larga y los cuádriceps delineados. Todo me dice que hace ejercicio. ¿Será un ególatra mujeriego o un activista del ejercicio saludable bajo el sol? ¿Debo preocuparme? No puede ser violento; si la semana pasada, sentado frente a mí, ladeé la cabeza para observar las nubes a través del borde superior del cristal detrás de él y percibí que se movía de un lado a otro para que lo mirase. No bajé la vista. Sé que sonreía, pero no podía apreciarlo sin delatarme. ¡Me han decepcionado tanto! Les atrae que soy callada y luego, el silencio y la conversación son un desafío. No más ilusiones. Los hombres no son los románticos de antes. Debí estudiar literatura y no técnica de laboratorio. A los niños les encantan mis mímicas de cuentos. Lo gozan tanto. Palmotean las sábanas y se doblan riendo. Ni modo, ya estoy por graduarme. Mi hermana y yo somos tan diferentes, ¿cómo va a entender? Me critica que soy exigente y soñadora: mala combinación para retener un novio.

***

Sueno un saludo al tren hermano con fricciones de dobleces de aire al pasarme en dirección contraria. Disfruto su contacto soplado. Ah sí, recuerdo a la desaparecida. Estaba con un novio, doce años mayor que ella. Urdían el plan de escapar juntos a Florida, donde él trabajaría en el taller mecánico con el primo, y en una semana, llamarían a la familia de ella con la noticia. Los dejé en la estación de Las Lomas, una tarde que las montañas verdosas se dibujaban perfectas por el horizonte. La novelista se calmará cuando vea la noticia en la prensa en estos días. Escucharé qué se trae el encorbatado.

No me mira. Bueno, realmente ella no mira a nadie. El tren inicia la marcha y a leer su novela, cada semana una nueva. De esos tres libros anteriores, leí los resúmenes en la búsqueda de Google: dos románticas y una de misterio y romance; tanto clásicas como modernas. Esta que traigo, sé que conquistará su interés. El plan es brillante, original, aunque he tenido que leerla. Aquel maestro mío de español en la superior, Mr. Santiago, experimentaría un alto sentido de logro. El primer viernes que, de camino a la estación del Centro Médico, vi su melena de leona perlada de sol dando vueltas con la brisa, mis pies ignoraron el cansancio y aletearon para alcanzarla. El cuerpo simétrico. Mis amigos dicen que me gustan llenitas porque los residentes de radiología se cansan de ver tantos huesos flacos, ¿quién sabe? Me ubiqué al otro lado de los paneles centrales de cristal para estudiarla. El breve espacio nasolabial le mantenía la boca entreabierta; era como una invitación a besarla. Subió al tren y más rápido que una exposición radiográfica, entré a su vagón sin importarme la dirección en que iba. Qué nervioso estaba. Me senté a su lado y, cuando el diafragma me permitió respirar, sentí su aroma de riachuelo dulce. Carraspeé, le dije mi nombre... Me ignoró: un golpe para mí, que suelo atraerlas. Se perdió su figura en la estación del Sagrado Corazón y no la pude encontrar hasta el viernes siguiente, cuando reconocí la cabellera en lo alto de la escalera eléctrica. Me apresuré a alcanzarla. Sentado a su lado, estornudé pudoroso, me disculpé, dije que era la alergia. Ni un ¡Salud! No me mira. El próximo viernes llegó después de dos delirantes horas de esperarla en el nivel de abordaje. Sentado frente a ella, dejé caer los sobres y documentos que traje con esa calculada intención, porque eran para botar. Tocaron sus zapatos de trabillas, por los que se asomaban las uñas pintadas de uva apetecible. Ni se movió. No me mira. Solamente interrumpe la lectura cuando arribamos, alza la mirada al cielo y se recrea cual si no lo hubiese visto en todo el día. La primera vez que sus ojos cobrizos se aclararon con la luz celeste, intenté coincidir mi cara con el ángulo de su mirada. Se me agitó la cabeza como esas figuritas de plástico sobre el panel de los carros públicos, pero bajó los párpados despacio y cerró el libro. No me mira. Quisiera pensar que es ciega porque mi ego se está lastimando. No lo es, si es que lee tanto y camina tan rapidito que se me pierde pronto en el andén del Sagrado Corazón. A veces he pensado seguirla. ¿Qué estudiará? Hoy tropiezo con ella y solo mira mi hombro porque está a la altura de sus ojos.

Es el momento de ejecutar el plan. Nos detenemos. Salgo primero y dejo caer junto a su asiento la novela de García Márquez. Me alejo. Acomoda su mochila en un hombro, ve el libro, mira alrededor buscando al dueño. Se han ido los que estaban cerca. El pulso se me acelera. Debe atraerle el título *Del amor y otros demonios*; si no... estoy perdido. Se lo lleva. ¡Sí!

***

Anuncio: *Cerrando puertas*, pito y silbo. Me intriga. Desconozco el plan de él, tiene la mente repleta de colores brillantes, no hay palabras. Llegando a la estación de Torrimar, lo alertan las trinitarias rojizas y la variedad de plantas que han sembrado a los lados. Lo escucho ahora.

***

No mira, pero tiene el libro. En verdad que soy genial, a quién se le ocurriría dejarle un mensaje circulando en negro, entre una y otra página, las palabras secuenciadas del texto que leerán:

> *Si reconoces el mensaje, sabrás que quiero conocer a la mujer que tiene interés en descubrirlo. Nos veremos el mismo día de la semana donde lo has encontrado y nos podremos reconocer por el libro que llevamos.*

***

Anuncio y arribo a la estación del Centro Médico. Es otro viernes. Están juntos en el andén la novelista que es sorda, romántica y el encorbatado que es ingenioso, romántico. Pito. No abordan. Resueno otro pito alborozado.

VUELO PEREGRINO

Porque yo te esperaba,
abrí desde el pasado nuestro nuevo camino...
Eugenio Rentas Lucas

Me he sentido afortunada porque en este primer viaje estoy en la fila catorce, mi número de la suerte, y ahora la asistente de vuelo me ha pedido que ceda el asiento para acomodar a un niño con su familia. Accedo preocupada por el cambio, pero recupero la fortuna al indicarme un asiento más adelante, en primera clase. El caballero se pone de pie para darme paso. Debe tener treinta y tantos años. Nos miramos. Mis ojos se desperezan como si hubiesen estado dormidos por más de un siglo. Me deslizo blanda junto a él. Con gran disimulo, estiro los rizos de mi pelo. Las facciones, perfectas; no son redondeadas como las mías. Ascendemos. Cierro los ojos y mis sentidos flotan en el aroma anaranjado de su piel. La azafata ofrece de beber. Su voz le responde con sonidos que me hacen rebuscar memorias. Le sirve un té caliente. Pido otro igual aunque no es mi costumbre. Veo los dedos viriles rodear la taza y siento que esos ya han conocido la tibieza de mi cuerpo. Sus labios sorben la infusión como si libaran miel de mi boca. Mi lengua se inquieta en el paladar. Desconozco esta fantasía que me entretiene.

El piloto anuncia mal tiempo. Ajusto rápidamente el cinturón. El galán me habla:

—No se preocupe, este trayecto es tranquilo. Volar sobre los Andes sí que es movido.

Su atención me apacigua. Al añadir que es uruguayo, mi mente se transporta. Escucho su hablar distante, casi imperceptible. Me encuentro ante un sol festivo que despierta la floresta adormecida por el rocío. La atmósfera se atempera sobre llanos infinitos con cúpula de etéreos azules que van clareando.

El avión hace una bajada brevísima, exclamo una vocal y mi mano está sujetada en la de él. No sé cuál mano tomó a la otra. Quedo enlazada con cintas de ternuras y pudores, de bravuras y calores que me regresan a la vasta pradera. Veo el ondular de una falda blanca que cubre mis piernas, piso sobre yerbas verdes con zapatos pardos abotinados. Desde el lomo ensillado de un alazano, me extiende la mano un hidalgo con el mismo rostro del apuesto pasajero. La sujeto, acomodo un pie en el estribo que deja libre y me eleva sin esfuerzo junto a él. Me prendo a la cintura, a la espalda de ese cuerpo que ha reinado en el mío, impregnándome con rítmicos cantares. Susurro el nombre del amado: *Mauricio*. Cabalgamos sin prisa, como si tuviésemos muchas vidas por andar. Su bufanda rojiza se alarga, mi melena alada desnuda la frente y el cuello, por donde suspira el viento.

El pasajero me habla:

—Señorita, estamos bien.

—Disculpe —le suelto la mano apretada—. Es la primera vez que viajo.

—Discúlpeme a mí por sujetarla sin pensarlo. Reaccioné a mi deseo de calmarla. No pretendo ofenderla, pero creo que la conozco. ¿Me reconoce?

—No estoy segura.

—Es que me pareció que había pronunciado mi nombre.

—¿Yo?

—Me llamo Mauricio.

—¿Mauricio?

—Sí, Mauricio Pastrana. Es un nombre que se repite en mi familia desde el primero que se estableció en Uruguay. Curiosamente, he estado recordando las anécdotas sobre mi tatarabuelo, de quien dicen soy el vivo retrato. Somos generaciones de ganaderos.

Me describe con gran entusiasmo las extensas llanuras que acabo de ver. Le sonrío mientras me cuenta. Mi confusión se mezcla con la sensación de que cada parpadeo, cada luz que ha brillado sobre mis días, ha sido para este encuentro. Una mágica armonía entona entre nosotros. Estará cinco días en Atlanta antes de seguir a su país y me invita a un almuerzo pasado mañana. Pienso en lo que dirá mi prima cuando nos veamos; desde que cumplí los veintiuno, insiste en que debo ser más arriesgada. Me decido. Acepto su invitación. Presiento que volveremos a cabalgar. Repito aquella estrofa que, hace unos meses, me sorprendió una mañana al despertar y la escribí para recordarla:

Por las praderas que me iba queriendo,
el nombre de mi amado
quedó guardado en el tiempo.

UN PLATO

Todo perece en ti, todo termina,
En ti se desvanecen los amores...
Vicente Palés Anés

¿Viene calmado? Escucho el motor en la marquesina y estimo el tiempo que tarda desde que lo apaga hasta que cierra la puerta del auto. No ha sido pronto. Reviso que la casa quedó en orden cuando salí al trabajo esta mañana. Se me tuercen los hombros y el cuello. Los pasos no son fuertes al acercarse al portón. De ese y todos los accesos tengo llaves escondidas desde que amenazó con dejarme encerrada un día que quise visitar a mi hermana. Exigió que viniese ella hasta aquí, desentendiendo que no tiene carro. Entra. Cuelga el llavero, no lo tira. Respiro. Me acerco a saludarlo tal como él anticipa. Me ignora. Destapa la olla. Vapores del sofrito invaden la cocina. Nos sentamos a comer. Prueba. Despotrica. Impulsa el plato. Todo estalla. Me incorporo. Rebotan insultos con el golpeteo de las piezas contra el piso. Alza un brazo empuñando cólera. Estoy inmóvil. Gira inflamado. Sale tronando la puerta. Respiro. Sujeto el borde de la mesa; la rodeo. Encuentro la silla sin buscarla, me hundo sobre ella. Arroz confuso por las losas con charcos y trozos de carne. Observo el plato inerte: No está roto. Lo tiró violentamente. No se rompe. ¿Cuántos desprecios resiste? No es basura. Por el largo pasillo, mi cuerpo se desplaza atiborrado de heridas invisibles. En la ducha, el agua despinta las lágrimas memoradas. Del pelo me gotea asco; se derrama por la piel que tantas veces él poseyó. La froto. La visto de compasión. El pasillo se ensancha cuando lo atravieso. Recojo el plato. Lo lavo con tibieza. Lo llevo conmigo al auto. Me hace compañía en la marcha sin regreso.

MADRE ¿POR QUÉ?

Y me oyes desde lejos, y mi voz no te alcanza;
déjame que me calle con el silencio tuyo.

Pablo Neruda

Madre, ¿por qué permitió que él me canjeara por los rezos que desde este convento colmarían de bendiciones a la familia de una monja? Él me traspasó por las puertas macizas de este claustro que huele a hierro forjado. Clavan las ordenanzas en el mutismo, la abstinencia, el ayuno constante, el aislamiento total, el rosario repetido a una Virgen. A él no le interesó buscar la orden de las siervas que hacen penitencia cuidando de los enfermos o los necesitados. Prefería que nadie supiese de mí desde estos recintos autosuficientes, olvidados del mundo.

Madre, ¿por qué no me auxilió? La extraño. Necesito su beso meloso en la frente; sus manos tostadas, arrugadas, tibias en mis mejillas. Los dedos ásperos de labranza trenzándome el cabello juguetón entre cintas alegres. Ni pelo tengo. Usted pisa la tierra. Recibe el rocío de la aurora. Se levanta pensando qué hará hoy. Yo despierto y duermo el hastío. ¡Ni mis libros, ni mis versos tengo! Para escribir, he robado. Conoce mi fuerza. Que siendo la más chiquita, la única niña, le ganaba corriendo a Juanchi y a Millo. Podía haberme enviado a otros pueblos para yo trabajar la finca o ser tutora de menores. Tanto que puedo ser, lejos de estos muros secuestradores de almas. Largos meses intenté aceptar, habituarme. Desistí. Por los pasillos estériles, busco cómo escapar. Me asomo por todas y cada una de las ventanas que atravieso con los ojos. Es la desolación afuera y adentro.

Madre, ¿por qué no me creyó? Fue padre quien penetró el más escondido huerto de la niña. Imploré. Lloré. Sangré. Temblaba escondida, repitiendo poemas hasta el amanecer. Al escucharlo salir al monte, volé a buscarla. Gemidos de lágrimas secas en mi boca. Cinco letras repetidas en la suya. Calla. Calla. Calla.

Madre, ¿por qué no me estrecharon sus brazos caídos? Era yo despojo de dolor desconocido. Escapé confusa. Corrí. Pesaban los muslos pegajosos. Me perseguía el hedor de lagarto muerto. Lancé el cuerpo al río. Las puras corrientes lavaron la carne amoratada, veteada de sangre yerta. La froté con la transparencia de la sábila. Retornó mi fragancia vestida de amiga compañera. Trepé el árbol de manzanas que comí. Divisé el hato ovejuno donde estarían mis hermanos cuidando. Las vestiduras chorreaban de las ramas. Permanecí atenta al follaje murmurante y a las aguas danzarinas. El sol pintaba y despintaba el horizonte, atrasando su partida sin querer abandonarme. La noche deseó arrullarme soplando aullidos misteriosos en la oscuridad. Ya sabe usted que me encontró al otro día en la escuela vacía. Me regresó a la casa a buscar víveres para el trayecto. Antes de sacarme del hogar, grité tan fuerte su nombre, que hasta el eco conmovido la llamó. No la vi.

Madre, ¿por qué no se apiadó? En la carreta, mantuve la distancia de los cuerpos. Resoplaba asco, cual toro embravecido y herido. Los músculos contraídos, desde las entrepiernas anudadas hasta los dientes que mordían la lengua. Callé. ¡Madre! Callé. No sé cómo, pero logré saltar el tiempo hasta el convento, igual que lo hice la noche despojada.

Madre, ¿quién eres? Le supliqué a él. Le lloré a usted. Le ruego misericordia a Dios. Cuando reciba esta carta, será porque el verdadero Padre, el Salvador, se condolió.

* Publicado en *Desvistiendo emociones*, colección de cuentos por Erleen Marshall Luigi. Editorial Mariana, Puerto Rico 2014.

UN CRUCERO DIFERENTE

...si te escribo,
es que no puedo padecer ya tanto
sin dar a mi amargura un lenitivo.
José De Diego

Querido Diario: Me ofreces el olor de tus páginas nuevas y me recuerdan los libros de pintar de mi infancia. Con ellos me acostaba sobre las losas refrescantes del piso, a veces debajo de la cama, y le inventaba colores a mi mundo. No pensaba entonces en los grises que el futuro me pintaría. ¡No! Tachado. Comienzo otra vez.

***

Querido Diario, te he comprado para este viaje en crucero que me llega en el mejor momento. ¡Voy a vivírmelo! No me ha importado zarpar sin conocido alguno, interrumpir mi segundo año de literatura en la universidad y posponer la decisión que tomaré, que muy bien puede esperar una semana. En la agencia de viajes probablemente pensaron que al donar un boleto para la rifa, el ganador compraría el segundo para un acompañante; pero con mi familia salieron perdiendo. Quien más me sorprendió fue Mami, al objetar que su hija única viajase sola, porque solemos ser atrevidas. Las circunstancias... No hubo contratiempos. Un minibús me trajo directamente del aeropuerto de Miami hasta el muelle. Este barco es enorme. Me hace pensar en las tortugas. La nave con su carapacho de acero y yo con uno que sin osamenta no se sostiene. Tanto peso y no logra hundirnos. ¡Ni que yo sea tan gordita! La decoración es elegante y moderna en los once niveles. Los pasamanos lustrosísimos; algunos plateados, otros dorados. Abrí la puerta del camarote y allí solitas, me esperaban mis dos maletas negras que chocaban con el azul de la alfombra, del tapizado y de las cortinas. Suerte que no se perdió una de ellas, porque hubiese tenido que andar coja en las noches con los vestidos que me prestó la vecina. Mami es tan precavida. Me convenció de separar el par de zapatos nuevos y poner uno en cada maleta para que ningún empleado que las revisara o hurgara en ellas, estuviese tentado de robarlos. Lo hice por la dificultad que tengo para conseguir zapatos cómodos. Aún no cumplo los veinte y mis pies son los de Abuela. En cada uno, el dedo más pequeño está doblado debajo del que le sigue. Ella dice que han estado abrazados tanto tiempo, que nunca ha querido que un cirujano los separe. Puede que los míos lleguen a ese día. Oye, están silbando y llamando al ensayo de desembarco en casos de emergencia. Me voy con el salvavidas.

***

Es el tercer día y hemos atracado en el muelle de Jamaica. Soy la mayor de unos jóvenes que he conocido y hoy caminaremos a las cascadas Dunn. Iré con Sarah (17), que se sienta en mi mesa con su familia y un hermano menor que tiene algo de Jaime, pero ese novio ya es historia. Irán también otros dos amigos, Mike (16) y Jenny (17), que los conocimos jugando ping-pong. Nos llevamos bien, a pesar de que mi inglés tropieza al hablar rápido. En lo otro no he pensado.

***

Buenas tardes, diario mío. Este barco se mueve menos que yo. Bailé en la discoteca anoche y el ritmo latino se impuso. Hace un rato, en la cubierta, el sol estaba tibio y el viento como limonada dulce. La mar violácea parecía bailar una sevillana con el cuerpo ondulante, soltando al aire sus manos punteadas de turquesas transparentes. Bello. Me iré a vestir para la cena. Aquí guardo una foto de Ocho Ríos. El traje de baño resalta mis senos. De lo otro, no te escribo.

***

¡Órale Manito! Es el quinto día. Hoy, en Cozumel. Ayer, una bicicletada en la isla Gran Caimán y nos dimos unos baños de tensos cosquilleos entre las mantarrayas. Fabuloso. Te tengo abandonado y debes alegrarte, porque significa que estoy gozando. Ni siquiera he abierto las cuatro novelas que traje conmigo. No he permitido que se me escape la mente agorera.

***

Mi querido diario, estoy entre almohadas en esta cama grande; es la sexta y última noche. En la cena de despedida me comí tres postres sabrosos; el mejor fue el de chocolate, es mi debilidad cuando estoy ansiosa. Intercambié correo-e con los tres amigos. Me gustaría continuar la comunicación con Sarah, el tiempo dirá. Le fascina mi pelo lacio. El de ella es rizo y no tan negro como el mío. Creo que lo mejor es que me lo recorte. Cuando caminaba por la cubierta de regreso al camarote, sentí el murmullo doloroso de la mar oscura. Asomada por la borda, veía chorros de llanto que huían de las hélices devoradoras. Debajo de este carapacho los temores se tornan aterradores, te torturan sin misericordia. Apreté los párpados. Imaginé estar en mi hamaca junto al palo de mangó, me mecía lenta entre voluntades. Flotaba de un lado a otro. Escuché rumores de carcajadas roncas, miré de nuevo a la mar zafirosa. Plateados flecos danzarines lograban escaparse entre las aguas sonando panderetas a medida que se alejaban del barco. Mañana vuelo a San Juan. A la salida del terminal, los pasajeros se dispersarán hacia los autobuses, los taxis, y otros como yo, a los autos de familiares que nos recibirán con un brazo alcanzando la maleta y otro que te acoge al pecho. Ese será Papi contento, y nos saludaremos hablando a la vez. Mami estará con Abuela en la cocina, atareadas con mis comidas favoritas: arroz, habichuelas, pernil, tostones, flan de queso y sorpresas. Preguntarán por mi decisión. Les diré que prefiero la seguridad de vivir. A ti te llevaré conmigo al hospital y te escribiré sobre la mastectomía bilateral. Será un crucero diferente.

PATRICIA SCHAEFER RÖDER

Escritora y traductora literaria. Nació y estudió en Caracas, donde publicó sus primeros ensayos. Vivió en Heidelberg y Nueva York. Desde 2004 vive en Puerto Rico. Su antología de relatos *Yara y otras historias* y su poemario *Siglema 575: poesía minimalista* fueron publicados por Ediciones Scriba NYC, en 2010 y 2014 respectivamente. Recibió en 2011 el Primer Premio en narrativa del Instituto de Cultura Peruana en Miami con su cuento "Ignacio", y su poema "Desnuda" fue escogido para la antología *Fronteras de lo imposible* del Certamen Casa de los Poetas de Puerto Rico en 2014. Entre muchas otras publicaciones están las antologías de *La ruta del cuento* por EDP University, *Jíbaro soy – Antología de cuentos* por Editorial Raíces y *No cierres los ojos – Antología de cuento de horror y terror* por Libros Eikon. Entre sus traducciones se destacan las exitosas novelas *El sendero encarnado* (*The Reddening Path*) de Amanda Hale, por Verdecielo Ediciones 2008 y *El mundo oculto* (*The World Unseen*) de Shamim Sarif, por Ediciones Scriba NYC 2016. Es miembro del Pen Club de Puerto Rico Internacional.

EL ESPANTAPÁJAROS

Atardecía. Otro día se acababa en el campo. La calma reinaba al ponerse el sol suavemente en el horizonte tenue de principios de primavera. Todos regresaban a sus casas, a sus establos, a sus madrigueras. Todos se disponían a descansar junto a los suyos. Todos, menos el espantapájaros.

Siempre había sido así; a nadie se le hubiera ocurrido que fuese de otro modo. Pero esa tarde, algo se notaba distinto en el ambiente. Después de tanto tiempo, el espantapájaros se dio cuenta por primera vez de su existencia. Un no sé qué lo sacó de su letargo de estatua utilitaria y al fin sintió.

Antes había sido un artefacto más de la granja; inmóvil, con los brazos extendidos lado a lado, los ojos apuntando siempre en la misma dirección y los pies enterrados en el suelo del campo. Le parecía normal ser tan solo una parte de las instalaciones agrícolas.

En ese momento comenzó a verse como un ser independiente de su entorno. De pronto, aquella tierra fértil que hasta entonces lo sostenía, ahora lo aprisionaba. El viento que solía arrullarlo hasta dejarlo dormido, ahora lo helaba por dentro. Y la noche, que otrora le brindaba paz para descansar del trabajo diario, ahora lo hacía percatarse de su inmensa soledad.

Así pasó el tiempo, aumentando cada día la tristeza del espantapájaros. No comprendía por qué estaba solo, si era tan bueno en su labor y siempre cumplía con su deber a cabalidad. ¿Por qué nadie querría ser su amigo?

Entonces, una noche de verano, al ver el rostro pétreo de la luna saliendo enorme por el este, el espantapájaros juntó todas sus fuerzas y logró zafarse de su grillete de arcilla y humus, un pie a la vez. Para evitar que lo reconocieran, se quitó las ropas. Caminó por los sembradíos buscando a alguien, a cualquiera, pero fue inútil. El campo estaba desierto. Siguió avanzando hasta llegar al borde del bosque. Con los brazos caídos igual que su ánimo, se sintió más solo que nunca y deseó con todas las fuerzas pertenecer a una familia; no importaba a cuál. Anhelaba ser un miembro vivo e importante de un grupo; necesitaba otro propósito en su vida.

Cansado, arrastró los pies por el bosque oscuro buscando refugio y abrigo. En un claro, vio los enormes abetos que tocaban las estrellas con sus ramas y se emocionó profundamente. Mientras más los detallaba, más se maravillaba. Una sensación de paz lo invadió. De repente, para su asombro y sin querer evitarlo, los brazos comenzaron a levantarse otra vez, llenándose de una nueva energía. Los pies cansados se proyectaron hacia abajo, perforando el suelo del bosque, y aquel cuerpo de heno se fue fortaleciendo en una gruesa corteza parda adornada de musgo verde y blanco. La felicidad lo embargó cuando de los brazos, pecho y cabeza brotaron ramas poderosas llenas de hojas.

Amanecía. Las aves del bosque revoloteaban entre el follaje, posándose alegres sobre el nuevo gran abeto. Buscaban alimento y lugar para construir sus nidos. Había un rumor extático en el ambiente. Y en su interior, él sonreía.

SELVA

Voy con Diego río abajo en la curiara. La emoción me estremece; siempre quise conocer la selva virgen. Llegamos anoche al Amazonas, el sitio ideal para pasar nuestra luna de miel. Un lugar antiguo, mágico, donde comenzaremos la vida juntos. El imponente paisaje me produce una sensación singular en todos los huesos del cuerpo.

Tomamos por un ramal estrecho del río y más adelante llegamos a un recodo donde se reduce el cauce. Contiguo a la corriente principal hay un pequeño lago protegido por palmeras, árboles y manglares que se adentran en la pequeña presa. Me recuerda el misterioso escenario de las leyendas indígenas.

La vegetación es abrumadora. Su exuberancia en árboles, arbustos, hojas y lianas no tiene igual. La inmensa cantidad de plantas me deja las pupilas saturadas y hambrientas a la vez. Quiero dejar puerta franca a los miles de tonos verdes que se agolpan en los estratos de la selva. Hoy soy testigo de las aventuras de los pesados rayos del sol cuando llegan al techo de la jungla y pasan por su tamiz infinito hasta tocar el suelo, reducidos a un tímido haz de luz.

Hace calor y normalmente pensaría que hay demasiada humedad, pero hoy eso no me molesta; incluso me extraña un poco lo cómoda que me siento en este ambiente tan primitivo. Puede que tenga que ver con aquello que llaman el "hechizo de la selva", que hace que muchas personas no quieran regresar a la civilización una vez que han estado en la jungla.

Creo ver la orilla allá lejos, pero no estoy segura. Si están quietas, las aguas pantanosas parecen tierra firme hasta el momento en que se pisa en ellas, y uno se puede llevar una desagradable sorpresa si resultó estar equivocado.

Diego rema con cuidado entre las altas raíces, las ramas bajas y las lianas de los árboles que salen del agua. La cantidad de insectos es enorme. Una libélula nos sigue desde que entramos al recodo, y más allá revolotean dos grandes mariposas azules y amarillas. Tengo los ojos más abiertos que nunca; mis oídos jamás habían estado tan aguzados, ni mi olfato tan sensible. En la lengua se desdobla el sabor más puro del río y la selva, una ola de fragancias salvajes y dulces a la vez. Sobre mi piel yace una mezcla de sudor y humedad que, lejos de ser desagradable, me hace regresar a un estado olvidado en el que aflora la esencia de mi ser natural. En toda mi vida no me he sentido más mujer que ahora. Tengo la imperiosa necesidad de llenarme de estas imágenes primordiales; las formas y los colores de las hojas y flores, los sonidos que emiten los insectos, el canto de las aves y el llamado de los araguatos; todo en medio del rumor del agua que baja rodando sobre sí misma, corriendo, chocando contra plantas y curiara. Todo rodeado del susurro de las hojas que mueve el viento. Respiro muy hondo. Respiro. Respiro. Lleno mis pulmones de ese aire nuevo, puro, buscando ocupar el gran vacío que impone la vida de la ciudad en los seres humanos y los hace olvidar su naturaleza elemental. Estoy en casa.

Hay poca luz a pesar de que es temprano, pero a mí me basta. Entre las sombras de la pequeña laguna percibo infinitas figuras de seres conocidos a los que no he visto antes. Criaturas que forman parte de mi historia espiritual; indómitas como esta selva que me rodea y me engulle de un enorme bocado para no dejarme escapar.

De repente escucho un canto melódico y algo áspero a la vez. Viene de aquellos palos semisumergidos. Miro con detenimiento y entre las aguas parduscas descubro un manatí con su cría. Están comiendo. Pareciera no molestarles nuestra presencia. La madre canta, abraza a su pequeño con ternura y siguen comiendo. Diego y yo los observamos maravillados, manteniéndonos a una distancia prudencial para no ahuyentarlos. La madre me mira de lado con sus pequeños ojos negros. Tiene una expresión de absoluta placidez en el rostro. La línea de su gran hocico termina en una especie de sonrisa perenne. Pareciera alegrarse de verme, tanto como yo me alegro de haberme topado con ellos. Se mueve en el agua sin ninguna dificultad, buscando más hojas para calmar el hambre que deja la maternidad. Ahora entiendo por qué los antiguos marineros los confundían con mujeres: son indefensos, pacíficos y muy gráciles en el agua.

Es la primera vez que veo un manatí en su ambiente natural. Siempre me han fascinado; me cautivaron desde la primera vez que los vi en el libro de ciencias naturales de la escuela. A lo largo de mi vida devoré ávida toda la literatura que encontraba, queriendo saber cada vez más acerca de ellos. El manatí se convirtió en mi animal espiritual. Sus delicados movimientos, cual bailarinas en cámara lenta, y su tranquilo flotar dando volteretas según su ánimo me transmiten una calma sin igual. Son los únicos mamíferos acuáticos herbívoros, y eso también los hace especiales. Su parentesco con los elefantes, el inmenso cuerpo cilíndrico adaptado a la vida acuática y la capacidad de contener la respiración por más de quince minutos me intrigan. La forma de comunicarse mediante el canto, la necesidad de la madre de tener un fuerte contacto físico con su cría hasta los dos años y que la sostenga con sus aletas al amamantarla son cualidades que parecen casi humanas. Sin embargo, son animales solitarios, independientes, que solo se reúnen para aparearse y luego continúan su camino. Me llama la atención su galanteo; cuando una hembra está en celo, los pretendientes la buscan y se congregan alrededor de ella en una manada amorosa. Luego, cuando el romance termina, recobran su libertad y la hembra se convierte en madre un año después. Todo lo que sé de los manatíes viene a mi memoria al ver a esa madre cariñosa ocuparse de su hijo que pronto tendrá que tomar su propio rumbo.

Nos quedamos un buen rato en la laguna, hasta que Diego se percata de la hora y me dice que es mejor regresar al campamento antes de que oscurezca. Busco la mirada de la manatí y me despido en silencio. Ella entiende.

Viramos la curiara río arriba y, despacio, nos vamos alejando del lugar. Vuelvo la mirada hacia aquella madre que busca alimento para su pequeño y no puedo evitar pensar en mí y en los hijos que espero tener algún día. Ella me observa con detenimiento, como si quisiera decirme algo, tal vez un secreto. Quizás sea una revelación. Durante unos momentos percibo un frío intenso en la parte posterior de la cabeza, un placentero hormigueo de granizo que se desliza poco a poco, concentrándose en la nuca. Es una sensación nueva y muy agradable. Miro a la manatí buscando una respuesta, pero ya no hay tiempo para eso. Poco a poco Diego acelera dejándolos atrás, mientras yo me quedo inmóvil, presa del extraño y delicioso descubrimiento.

A medida que salimos del canal rumbo al río principal vemos que el cielo se va nublando cada vez más. La luz cambia de brillo y comienza a llover. Es un aguacero tropical de gotas grandes y pesadas que nos

108

empapan por completo. ¡Qué sensación tan maravillosa e indescriptible! El placer que provoca en mi cuerpo el abrazo dominante y a la vez liberador de la lluvia me transporta a la adolescencia, cuando salía a caminar en los chaparrones por las calles momentáneamente desiertas de la ciudad. En aquella época el espíritu era libre y danzaba sin temor a ponerse en evidencia frente a los demás. Es bueno saber que, a pesar de permanecer silente, aún sigue vivo en mí. ¡Cuánto lo había extrañado!

La lluvia continúa su curso y un rato después se vuelve a despejar el cielo. Llegamos justo antes del atardecer. Diego se siente cansado y yo me siento plena. Tenemos hambre, así que nos alistamos para comer. Ordenamos nuestro pescado preferido, pavón a la parrilla, pero de pronto, al ver el pez muerto pierdo el apetito, así que lo cambio por una gran ensalada de berro. Cenamos mirando el atardecer. El sol colorea el cielo y sus nubes con tonos amarillos, naranjas y rojos que contrastan de manera contundente con las siluetas de los árboles y las palmeras que bordean el campamento por el oeste. Sobre la laguna, al este, sale la luna más grande y amarilla que nuestros ojos hayan visto. Los sonidos de la selva nos acompañan todo el tiempo, evidenciando la omnipresencia de la naturaleza invencible, y el aire adquiere una nueva fragancia con la apertura de las orquídeas, que llenan la inmensidad con el perfume más delicado y fuerte.

Después de la cena me tiendo en una hamaca a ver la luna subir hacia las estrellas. Diego me besa en la frente y se va a la cama. Está agotado. Le digo que lo alcanzaré más tarde, cuando me dé sueño. Estoy demasiado exaltada como para siquiera pensar en dormir. Por primera vez en mi vida mis sentidos están tan saturados con estímulos de todas clases, que me resulta casi imposible pensar en nada concreto. La miríada de imágenes que percibí, y las respuestas a ellas, se agolpan en mi inconsciente, llevándome a un estado de total excitación espiritual. Hoy descubrí que estaba viva, que podía respirar, sentir, oler, saborear, ver, oír. Que podía comunicarme y reír. ¡Que sí podía! Y lo descubrí hoy, en medio de esta selva. Intenté explicárselo a Diego durante la cena, pero estaba tan extenuado que no me prestó atención. Creo que no lo comprendió.

La luna llena ilumina la jungla con hilos plateados que se reflejan en el río y la laguna, a cuya orilla se encuentra el campamento. De pronto siento la atracción de la luna en el agua. Algo me llama con insistencia. Escucho el canto de las toninas y los manatíes que nadan en la claridad de la medianoche del día en que volví a nacer. Vuelvo a percibir el delicioso cosquilleo en la base de mi cabeza y sé que tengo que hacer algo. Me levanto de la hamaca sin pensar y me acerco a la orilla. Ahí está la luna, esperándome vibrante en el espejo metálico y oscuro del agua. Una brisa cálida acaricia mi rostro cuando levanto la mirada para verla de frente en el cielo. Hay una calma llena de voces que parecen decir mi nombre a gritos. Me desnudo en un acto de respeto a la naturaleza que me rodea y, solemne, dejo mis ropas en la playa. Ya no las necesito.

Entro despacio en las tibias aguas del remanso que forma la laguna. No tengo ninguna prisa, soy dueña del tiempo. Deseo arroparme en su fluido dulce y peligroso mientras corre por la zona más antigua de la Tierra. Bebo el líquido del cual una vez bebieron mis antepasados hasta saciarse. Hoy es mi turno. Me sumerjo dejando que el agua penetre todos los pliegues de mi piel; extremidades, manos, pies, cuello, cabello. Al fin soy una con la naturaleza; la siento como parte de mí en un éxtasis total. Mi emoción se traduce en un placer infinito que no pienso dejar ir jamás.

Nado. Nado contra la corriente, haciendo fuerza para conquistar el río dueño de las aguas. Cuando me canso, me dejo llevar un trecho hacia atrás y vuelvo a emprender mi ascenso. Minuto a minuto me voy alejando de la orilla. Ningún ser humano me puede ver, y yo misma me siento parte del paisaje primitivo y embrujado. Nado más. Nado. Sigo nadando, pero el río gana. Abandono la lucha, dejando que el torrente me arrastre a su antojo. Las aguas me llevan hacia el fondo, donde no hay corriente alguna. Es el lugar de la paz. Instintivamente, intento subir a la superficie para respirar y de nuevo me atrapan las aguas del rápido, que se ha vuelto más estrecho. Entre los remolinos logro tomar aire y moverme hacia un grupo de rocas que sobresalen del agua. Estoy a salvo.

Escucho algo que asemeja el canto de un manatí, pero es mucho más grave que el de esta tarde. Miro hacia la orilla y en medio del oscuro y brillante paisaje, distingo la cabeza de un gran macho plateado que me observa con interés. Hacemos contacto con la mirada y me percato de que mi campo de visión se hace más amplio. Una vez más siento el hormigueo en la nuca y sé que debo continuar. A pesar de que la noche es cálida, un extraño frío recorre mi cuerpo. Me siento pesada sobre esta piedra; lo mejor es que regrese al agua.

La corriente ya no me parece tan fuerte como antes. Puedo flotar sin hacer esfuerzo. Nado con mayor facilidad. Voy hacia el fondo y me quedo allí un rato. Oigo a las toninas a lo lejos y advierto la llamada insistente del manatí macho que estaba en la orilla. Viene nadando hacia mí, pero ya no se ve tan grande como hace un rato, cuando lo vi desde las rocas. Estiro la mano para acariciarlo pero no llego, a pesar de tenerlo cerca. ¿Qué me pasa? Aunque por un curioso sortilegio puedo ver bien en la oscuridad del fondo, y a pesar de que sé que están

111

ahí, no logro dar con mis propias manos. Levanto los brazos, moviéndolos en todas direcciones, pero es inútil. Las siento, pero no las veo. ¿Dónde quedaron? Intento mirar hacia mi pecho, pero es imposible; el cuello no me deja. Solo puedo mover la cabeza un poco hacia los lados y hacia abajo. Al mismo tiempo se amplía aun más mi campo de visión, pero no me sirve para ver mi cuerpo. Trato de recoger las piernas buscando mis pies, pero lo único que alcanzo a ver es una gran cola en forma de abanico. En ese momento me doy cuenta de que ya no soy un ser humano; mis manos se convirtieron en aletas, mi piel se volvió gruesa y cenicienta, y mi cabeza se siente como debe sentirla una morsa, pegada a un cuerpo cilíndrico por un cuello corto y con poca movilidad. ¡Soy un manatí! Mi figura de mujer se ensanchó, perdiendo sus formas y suavizando sus líneas, hasta redondearse como un dirigible, adecuándose al ambiente acuático del que ya no podrá salir. Cabello, nariz, orejas, pechos; todo despareció, igual que los dedos de manos y pies. Las piernas se fundieron en una poderosa cola, perfecta para nadar en estos ríos.

Ahora entiendo lo que me quiso decir la madre manatí esta tarde en el pequeño lago al final del canal. Ella me vio como una igual, un familiar que viene de lejos y al que se le reconoce a pesar de no haberlo visto nunca antes. Me estaba recordando quién era yo en realidad, adónde pertenecía y adónde iría a parar una vez que me reencontrara con mi espíritu liberado. Era el llamado de la sangre, era la selva que reclamaba lo suyo una vez más. Y yo estaba dispuesta a regresar.

Después de este renacer comprendo cuál había sido siempre mi verdadera naturaleza y por qué a veces había estado tan fuera de lugar entre la gente. Soy un ser salvaje en el sentido más universal de la palabra y necesito estar libre para vivir a plenitud.

Me siento plena, como nunca antes me había sentido. Poco a poco, mis recuerdos se van borrando. El pasado desaparece junto con lo que era mi cuerpo humano. Mi ser reclama con urgencia estrenar el nuevo físico con sensaciones originales y ancestrales a la vez. Tengo la mente saturada de selva, de ríos, de animales y de plantas. Soy feliz. Nadie me ata a nada; voy y vengo cuando lo deseo. Mi prioridad soy yo misma. Solo puedo pensar en lo maravillosa y apacible que es la vida en el agua, donde poseo plena libertad de movimiento y donde, sin gravedad, puedo volar adonde me plazca. Flotar es lo más cercano a volar que jamás experimenté como ser humano, y aquí lo hago a mis anchas. Al fin soy libre, dueña de mi vida. Y ahora incluso me liberé de mi memoria.

El gran manatí plateado canta y regresa cerca de la orilla, donde me espera paciente, junto a otros machos que se han ido reuniendo. Está seguro de que iré a su encuentro. Él sabe de qué estoy hecha. Y yo también.

*Publicado en *Yara y otras historias*, por Patricia Schaefer Röder. Ediciones Scriba NYC, Puerto Rico 2010.

EL EVENTO

Lo había planeado todo con el mayor de los cuidados. Tuvo la idea un miércoles por la noche, cuando los demás dormían cansados la rutina de la media semana. Antes había visto el anuncio en Internet, pero en aquel entonces no se atrevía a soñar algo tan audaz. Sin embargo, en ese momento, la envolvió un halo dulce y luminoso que ella identificó como el alma de la libertad, olvidada hacía demasiado tiempo. Esa caricia tibia, placentera, le hizo abrir los ojos como nunca antes. En medio de la oscuridad de su estrecha vida, de pronto lo veía todo; podía discernir entre las cosas verdaderas y las apariencias, y el espíritu preso se percató de que aquel cerrojo tenía llave... y la llave la esperaba encima de la repisa, junto a todas las demás. Embelesada, disfrutó aquella sensación emancipadora en lo que quedaba de noche, y a la mañana siguiente se sintió más viva que nunca. Con una sonrisa amplia y brillante, se vistió y se arregló, soñando con el evento. Sabía que sería grandioso, que si asistía, sería una experiencia inolvidable. El ánimo la tenía flotando muy por encima de los cúmulos y nimbos, más allá aun de los cirros. Sintiendo sobre su piel ese sueño divino, la mente se le despejó y comenzó a analizar la situación. Serían solo tres noches. Tres noches y cuatro días en los que le pediría a la niñera que durmiera en casa para acompañar a los chicos. Les dejaría varias comidas preparadas para facilitarles su ausencia. Un taxi la llevaría al aeropuerto. Ella se quedaría con una amiga; aún le quedaban varias buenas amistades de la época en que vivió en aquella ciudad, más de diez años atrás. Entre varias líneas aéreas buscó la mejor tarifa en pasajes a Nueva York, hasta que encontró los que se ajustaban a su horario y su bolsillo. Así, se fue acercando poco a poco a la meta. Resolvió todas las diligencias que tenía en lista desde hacía tiempo, escogió la ropa perfecta para el viaje, alistó todo en casa y dejó a los niños preparados. Llegado el momento de abordar el avión, suspiró pensando en sus hijos, pero al mismo tiempo tranquila de saber que ellos estaban bien y que se alegraban de que su madre al fin se decidiera a hacer algo solo para ella. Aprovechó el vuelo para descansar su emoción de niña con juguete nuevo, y al llegar a la Gran Manzana, estaba llena de energía como cuando era adolescente. Aprovechó el tiempo al máximo; solo hacía lo que quería, disfrutando de su propia compañía. Recordó viejos tiempos y se aventuró a pensar en el futuro. Las ideas burbujeaban en su cabeza como la última sopa que había preparado tan solo unos días atrás en casa. En medio del peor frío invernal, caminó por las amplias aceras de aquella ciudad que, a pesar del tiempo y la distancia, seguía siendo suya. Una por una fue encontrándose con sus amigas, reviviendo anécdotas, poniéndose al día con sus vidas, escuchando atenta y contando episodios de la suya. Probó algunos restaurantes nuevos y repitió en otros conocidos mientras se acercaba el instante que tanto había esperado. Una ansiedad primordial la embargaba; no recordaba haberse sentido así en demasiados años. Se dirigió al lugar con bastante antelación, hizo la fila junto a muchos más que tenían la misma meta esa noche. Después de pasar un rato observando en detalle todo cuanto la rodeaba, los porteros indicaron que la espera había llegado a su fin y la dejaron entrar al recinto en medio de la vaguada humana en la que casi se ahogaba. Llegó hasta su asiento, se quitó el abrigo, acomodó sus cosas de la mejor manera y se entregó a la butaca que la recibía amable. Miró todo; no quería perderse de nada. Deseaba que cada segundo, aquellas formas y colores quedaran impresos en sus retinas. Sentada allí, se dio cuenta de que los años no la habían cambiado, que su naturaleza era más fuerte que las circunstancias y que su esencia seguía intacta. Esos momentos la hicieron descubrirse de nuevo como la mujer apasionada que siempre le había caído tan bien; aquella a la que le brillaban los ojos tan solo por la emoción de vivir cada día. En medio de tantas sensaciones juntas, el corazón se estremeció con suavidad mientras el alma sonreía, satisfecha. De pronto, la luz cambió. Unos acordes triunfales inundaron la sala, cubriendo todas las superficies, entrando por ranuras, pliegues y poros, haciendo temblar todos los músculos de su cuerpo. Entonces, el evento comenzó.

BARAHÚNDA

Calladita te ves más bonita... Eso no se dice, Papá te pega... No puedes porque eres niña... Dios te va a castigar... Haz caso y no preguntes... Quien obedece no se equivoca... Los varones que tienen muchas novias son machos, las niñas no pueden tener muchos amigos porque son putas... Los varones que gritan tienen carácter, las niñas que gritan son histéricas... El hombre es el cerebro y la mujer el corazón... Cuando te cases, toma un curso de "cómo ser una buena esposa" para aprender a atenderlo como él se merece... Cumple siempre con tu deber de esposa... No molestes a tu esposo con tus tonterías cuando él llegue cansado del trabajo, más bien atiéndelo como se merece; sírvele un trago, luego la cena y déjalo ver televisión en paz... Al fin y al cabo, el trabajo de la casa no es nada y es tu deber tener todo limpio y recogido, los niños listos y la comida hecha... Debes complacer siempre cualquier antojo que se le ocurra a tu esposo... Para el esposo, la mujer debe ser una santa frente a los demás y una puta en la cama... Debes vestirte como le guste a él, llevar el cabello como él quiera y si te lo pide, agrandarte los senos también... Debes mantenerte siempre bella y en forma solo para él, aunque él mismo se ponga viejo y gordo; recuerda que "el hombre es como el oso", pero tú no... No puedes tener amigos hombres, únicamente amigas mujeres... No puede existir amistad entre un hombre y una mujer... Tu esposo es la representación de Dios en el hogar, la cabeza de la familia y el jefe de la casa, es tu dueño y es quien decide lo que debe hacerse...

117

Las hijas deben ayudar en los quehaceres del hogar porque son tareas de mujeres... A los varones siempre hay que servirles... Cuando el hombre habla, la mujer calla y obedece ... Eva hizo que Adán probara la fruta prohibida... Por el pecado original, la mujer pare con dolor y su deseo la arrastra al marido... Las mujeres son sucias y pecadoras por naturaleza; son la perdición de los hombres... La mujer debe soportar cualquier vicio, humillación o infidelidad de su marido y debe perdonarlo siempre, porque los hombres tienen otro carácter y otras necesidades diferentes de las mujeres... La verdad es que las mujeres no tienen necesidades... A la mujer hay que tenerla como a la escopeta: cargada y detrás de la puerta... La buena esposa debe sacrificar su vida por su marido y debe seguirlo en cualquier circunstancia y momento... La mujer se debe por entero a su esposo y su familia, quedando ella misma en último lugar... La mujer es inferior al hombre... Al fin y al cabo, la mujer depende del marido para que la mantenga porque ella misma es incapaz de lograr nada... La mujer no tiene el carácter, la fuerza ni la resistencia para alcanzar el éxito en el trabajo... A la mujer hay que ponerla en su lugar para que respete, para que sepa quién manda... Lo que pasa es que él es muy impetuoso y tiene mal carácter... Nunca pongas en tela de juicio las enseñanzas, las tradiciones, la cultura y la religión; todas ellas están por encima de ti y siempre ha sido así... No se puede cambiar algo que ya lleva tantos años instituido... Lo que ha unido Dios en el cielo, que no lo separe ningún hombre en la tierra, aún en caso de maltrato, engaño, falta de amor, odio... Te mereces el marido que tienes, Dios te lo mandó por algo... Cada quien debe llevar su cruz a cuestas, y la tuya es tu marido... Más vale malo conocido que bueno por conocer... Acostúmbrate, mira que todas pasamos por eso... Si te grita es porque es muy hombre... Si te cela es

118

porque le importas... Si te pega es porque te quiere... Él te golpea, pero en el fondo te ama; el pobre no sabe expresar sus sentimientos... Cuando te insulte, no te lo tomes a pecho; sabes que no es eso lo que quiere decir... No importa lo que te haya hecho, él dice que te adora, que le des otra oportunidad, que no lo volverá a hacer... Debes salvar tu matrimonio a toda costa... No te quejes; puede que no seas feliz, pero al menos tienes marido...

No podía pensar en nada. Demasiado ruido, demasiados años viviendo con toda esa interferencia de fondo que me producía un cortocircuito perenne en la mente, anestesiando mi alma. La mujer en el espejo me miraba sin entender y yo no era capaz de sostenerle la mirada; mucho menos de ordenar mis ideas para explicarle siquiera el comienzo. Despertando respiro a respiro de aquel letargo, mi vista comenzaba a perderse entre los surcos de su cutis buscando desesperada mi propia verdad, cuando de pronto suspiró, me sonrió con gran dulzura, dio la vuelta y se marchó. Y yo la seguí.

EL REGALO

La vio por primera vez cuando era niña. Tendría unos seis años el día que la descubrió en el cuarto de su madre, colocada en el lugar más especial de la repisa de los tesoros.

Era una cajita cilíndrica, un tanto chata, que asemejaba una pequeña sombrerera. Al igual que la tapa, la caja estaba hecha de una sola pieza de madera tornasolada finamente pulida, toda labrada en arabescos que, al recibir serenos el abrazo de la luz, reflejaban tonos cálidos y amables. Las dos partes calzaban a la perfección, quedando cerrada con un lazo de cuero. Su madre la llamaba con cariño "el regalo".

Desde ese instante, quedó fascinada con el regalo. Aunque siempre había estado allí, ella se percató de su existencia esa mañana sabatina de mayo.

—Mamá, ¿qué es esta cajita?

—En esta cajita está el regalo —respondió la madre con una sonrisa.

—¿Un regalo? ¿Y qué es?

—Me la dio la abuela hace años. Es linda, ¿verdad?

—Sí; me gusta mucho. Mamá, estos dibujos parecen hojas, ¿por qué esta cajita parece un árbol?

—Es una cajita muy vieja, de nuestros antepasados. A ellos les gustaba adornarlo todo con flores, hojas y frutas. Para ellos, los árboles eran muy importantes.

—A mí también me gustan mucho los árboles, Mamá.

—Lo sé, mi amor, lo sé.

Una y otra vez, a lo largo de los años, al preguntarle a la madre por el regalo, ella le contaba sobre el material, el significado del diseño y la manera en que había llegado a sus manos.

Vino el día en que terminó la escuela. Había decidido estudiar en la universidad, lejos de su pueblo, en el ombligo del mundo. Mientras preparaba el equipaje, caminaba por la casa fijándose muy bien en todo: formas, colores, sonidos, aromas, adornos... Quería absorber de nuevo, consciente, con fuerza, todo aquello que la hacía ser la persona que era. Necesitaba llenarse de tantos recuerdos, de las experiencias, los sentimientos y las emociones que la hacían ser única. Así, paseaba de cuarto en cuarto reviviendo escenas, diálogos, momentos irrepetibles. Al llegar a la habitación de sus padres, encontró a la madre sentada sobre la cama, esperándola.

—Te estás despidiendo, ¿cierto? —quería comprobar la madre.

—Sí. Es toda una vida...

—Acércate hija, tengo algo para ti.

—¿Para mí? ¿Qué es?

—Es hora de darte el regalo.

—¿El regalo? ¿Por qué?

—Mi madre me dio el regalo cuando tenía tu edad y me preparaba para ser independiente, así como tú lo estás haciendo ahora —dijo la madre con suavidad mientras extendía la mano, ofreciéndole aquella cajita de madera noble.

—No sé qué decir... Es tu regalo... La abuela te lo dio a ti... No puedo aceptarlo.

—Debes aceptarlo hija, ha sido la tradición por muchas generaciones. El regalo ha llegado hasta aquí desde nuestros antepasados. Hoy lo recibes tú, y deberás entregárselo a tu hija el día que ella se vuelva independiente. Ábrelo.

Ella tomó la cajita entre sus manos con especial reverencia. Mientras deshacía el lazo de cuero, la madre continuó hablando:

—El mayor regalo que se nos ha dado es la vida, y con ella, el libre albedrío. Siempre la decisión está en nuestras manos y siempre tenemos el privilegio de actuar de la manera que queramos. Tenemos el poder de decidir qué hacer, cuándo y cómo, en dónde y con quién, y eso solo porque somos libres para ello. Del mismo modo, podemos negarnos a hacer lo que no deseemos. Solo nosotras tenemos la última palabra y solo nosotras somos responsables de nuestros actos. Nosotras corremos con las consecuencias de aquello que hagamos o dejemos de hacer. Hacemos cosas para que se nos acepte o para impedir el rechazo, a veces incluso por miedo, pero las hacemos siempre porque queremos, porque perseguimos algún fin. La decisión es nuestra y eso nadie lo puede cambiar.

Al abrir la cajita, ella sintió la fragancia de la madera de eucalipto. Instintivamente, cerró los ojos y aspiró profundo.

—Mientras puedas respirar, sabrás que estás viva —dijo la madre—. Y mientras estés viva, serás libre para decidir por ti misma. No lo olvides nunca.

Entonces, ella abrazó a su madre y comprendió.